Agnès Desarthe wurde 1966 in Paris geboren, wo sie studierte und wo sie jetzt mit ihrer Familie lebt. Sie arbeitet als Englischlehrerin und hat schon viele Bücher für Kinder, Jugendliche und Erwachsene geschrieben. Ihre Bücher handeln alle von der Liebe und sie sagt: »Was mich interessiert, ist die Liebe. Ich denke, sie ist das Einzige, was im Leben zählt.« In der Fischer Schatzinsel sind von Agnès Desarthe außerdem ›Verliebt? Ich doch nicht!‹ (Bd. 80060), ›Reim für mich, dann küss ich dich!‹ (Bd. 80250), ›Ein ganz starker Typ‹ (Bd. 80278) und ›Lionel wie Karamell‹ (Bd. 85078) erschienen.

Verliebt noch mal! Das Leben ist eine Höllenfahrt. Zumindest, wenn man Louis heißt, auf das Anton-Tschechow-Gymnasium geht, komplett verrückte, geschiedene Eltern hat und sich gerade von den 120 Francs, die eigentlich für die Schulversicherung waren, einen schönen Kino-Nachmittag gemacht hat. Louis liebt Kino. Und Fußball. Und das wunderschöne Mädchen mit der matten Haut und den großen mandelförmigen Augen, die er immer beim Bäcker trifft und die er Pocahontas nennt. Aber das alles hilft ihm nichts, denn die einzige Frage ist: Wie um alles in der Welt kommt er jetzt an das fehlende Geld? Bis am Ende alles gut wird, muss Louis eine wahre Odyssee durchleben. Und ihm wird klar: Pocahontas ist doch nicht die wahre Liebe. Aber wer dann?

Unsere Adresse im Internet: www.fischer-tb.de

Agnès Desarthe

Verliebt noch mal!

Aus dem Französischen
von Anne Braun

Fischer
Taschenbuch
Verlag

generation
Herausgegeben von Eva Kutter

Veröffentlicht im Fischer Taschenbuch Verlag GmbH,
Frankfurt am Main, Dezember 2001

Die Originalausgabe erschien 1997
unter dem Titel ›Je manque d'assurance‹
bei L'école des loisirs, Paris

Lektorat: Julia Holbe
Gesamtherstellung: Clausen & Bosse, Leck
Printed in Germany
ISBN 3-596-80372-8

Nach den Regeln der neuen Rechtschreibung

Eins

In der Pariser Metro haben die einzelnen Strecken keine Namen mehr, sondern Farben. Das ist neu. Man hat es sich extra ausgedacht für die Leute, die nicht lesen können. In meiner Klasse gibt es etliche davon. Sie können zwar CD-Hüllen entziffern, aber nur, weil sie sie aus der Werbung im Fernsehen kennen. Ich weiß das, weil ich es früher, als ich noch klein war, genauso gemacht habe. Meine Mutter fragte mich jeden Morgen: »Willst du dein Nesquik?«, und eines Tages, als ich etwa 3 1/2 Jahre alt war, ging ich in die Küche, zeigte auf die gelbe Dose und sagte: »Schau, da steht Nesquik drauf.« Daraus schloss meine Mutter, dass ich lesen könne und ein Genie sei, aber das dachte sie auch schon vorher. Nichts ist leichter, als seine Eltern davon zu überzeugen, dass man ein Genie ist, ganz einfach, weil sie es erwarten.

In der Schule läuft es ähnlich; es ist sehr leicht, als Versager abgestempelt zu werden, weil die Lehrer im Grunde genau das erwarten. Madame Parisi, unsere Matholehrerin, sagt immer wieder mit Inbrunst: »Der arme Djamel, aus ihm wird nie etwas.«

Monsieur Grifon hingegen, unser Lehrer für Wirtschaftsgeschichte, wiederholt stattdessen lieber seufzend: »Samantha – ein Sozialfall, sehr schwierig, große, tief gehende Verletzungen in der Kindheit.« Ich weiß nicht, was er damit sagen will; sicher ist jedoch, dass Samantha für ihr Alter eine beachtliche Oberweite hat, und wenn Monsieur Grifon von ›großen‹ Verletzungen spricht, fallen uns nur ›große Brüste‹ ein. So sind wir eben, vollkommen schwachsinnig. Na ja, ich nicht, jedenfalls nicht ganz.
Das erzähle ich nur, damit ihr einigermaßen wisst, in welchem Umfeld ich mich bewege. Siebte Klasse, 12 Jungen, 16 Mädchen, davon ein Klassenprimus, Ludovic Mestre, und ein Schlusslicht, Julien Parisi. Dieser ist allerdings nicht der Sohn von Madame Parisi, unserer Mathelehrerin, sondern ein Junge wie jeder andere, der sogar lesen kann. Trotzdem ist er mit Abstand der schlechteste Schüler der Klasse, weil er ständig zittert und kaum ein Wort über die Lippen bringt.
Anfangs glaubte ich noch, ich wäre an einer normalen höheren Schule wie der, die ich am Ende des letzten Schuljahrs verlassen hatte. Aber ich hätte etwas ahnen müssen, denn als wir umzogen, rieten die neuen Nachbarn meiner Mutter, mich an das von Priestern geführte Gymnasium zu schicken. »Das Anton-Tschechow ist eine Schrottschule«, fügten sie

noch hinzu, um sie zu überzeugen. »Bei dem Namen würde mich das aber wundern«, hatte meine Mutter geantwortet. Sie neigt dazu, an Namen und deren vorherbestimmende Kraft zu glauben. Der Beweis: Sie bedachte mich mit drei Vornamen: Louis (für Aragon), Amadeus (für Mozart), Gandhi (für Gandhi).

Aber da es immerhin um die Zukunft ihres Zweitgeborenen ging, beschloss sie, meinen Vater anzurufen, in der festen Überzeugung, dass er sich ihrer Meinung anschließen würde. »Ich bin Sozialistin und das werde ich auch bleiben«, brüllte sie in den Hörer, nachdem sie keine zwei Minuten mit ihm gesprochen hatte. Daraus schloss ich, dass Papa nichts gegen die von Priestern geführte Schule gehabt hätte. »Solange ich lebe, wird er keinen Fuß in eine Privatschule setzen«, fügte Mama noch hinzu. Es war nicht das erste Mal, dass sie sich am Telefon stritten – ich fürchte, man kann ihre Scheidung nicht als harmonisch bezeichnen –, und obwohl ich mich längst daran gewöhnt hatte, bekam ich doch einen ziemlichen Schreck. Solange Mama lebte, würde ich keinen Fuß in eine Privatschule setzen; na super, endlich hatte Papa das erträumte Motiv, denn er hatte bestimmt schon oft Lust verspürt sie umzubringen. »So, jetzt kannst du zu den Priestern gehen, mein Sohn«, würde mir Papa mit einem blutverschmierten Messer in der Hand erklären, »deine Mutter hatte leider keine Zeit mehr, ihr Einverständnis zu geben, aber ich bin mir sicher, dass dies auch in ihrem Sinne ist.« Aber natürlich könnte es mir nicht recht sein, wenn Papa meinetwegen zum Mörder würde. Und noch weniger wäre es mir recht gewesen, wenn Mama sich umbringen ließe, aber seltsamerweise war das ohnehin völlig unvorstellbar. Mein Vater als Mörder – okay, warum nicht? Auf seine Art vermutlich sogar ein stilvoller. Aber meine Mutter als Ermordete – nein, unmöglich! Sie ist zu beherrschend, viel zu beherrschend. Ich habe eine blühende Phantasie, ich weiß, das wusste ich schon immer, und außerdem stand es dieses Jahr schwarz auf weiß in meinem Zeugnis.

Früher war das kein Problem gewesen. Ich meine, als wir noch eine normale Familie gewesen waren: der Vater Zahnarzt, die Mutter am heimischen Herd, der Bruder Edson (für Pelé) Claude (für Debussy) Fjodor (für Dostojewski) und meine Wenigkeit. Edson, mein großer Bruder, mein Lehrmeister, Vorbild und Mentor in einem, fünfzehn Zentimeter von mir entfernt auf der anderen Seite der Wand in einem Bett, das genauso aussah wie meines. Edson ist achtzehn Monate älter als ich und ein toller Typ. Nachts rückte jeder von uns seine Matratze ein wenig weg, um das Loch freizulegen, das wir mit einem Korkenzieher in die Gipswand gebohrt hatten. Wie zwei Gefangene unterhielten wir uns, stundenlang. Unsere Eltern hätten sicher nichts dagegen gehabt, uns in einem Zimmer schlafen zu lassen. Sie hätten uns auch nicht verboten, uns nachts gegenseitig zu besuchen um zu diskutieren (sie fanden es immer toll, dass wir uns so gut verstehen), aber Edson legt immer großen Wert darauf, dass wir die Regeln einhalten, besonders wenn er sie selbst aufgestellt hat.

Zwei Tage vor dem Ende der Sommerferien begann ich, die Wand meines Zimmers in der neuen Wohnung anzubohren, in der Mama und ich seit der Scheidung wohnen. Das war eine idiotische Idee, eine Art Reflex, denn auf der anderen Seite der Wand ist niemand mehr. Niemand mehr, der mir zuhört, niemand, der mit mir spricht, niemand, mit dem ich mir abends zusammen hätte die Zähne putzen können, niemand, mit dem ich davon träumen konnte beim Fußballspielen zu mauern oder nicht, niemand mehr, der mir sagt, was ich später einmal machen soll und der mir erzählt, wie es ist, wenn man ein wunderschönes Mädchen küsst, das kurz zuvor Camembert gegessen hat. STOPP! Ich glaube, ich muss etwas klarstellen. Um ganz ehrlich zu sein: Es wäre mir recht, wenn ihr glauben würdet, mein über alles geliebter Bruder wäre tot, damit ich euch schrecklich Leid täte. Und wenn ein Mädchen dies liest, würde es sich vielleicht nur aus diesem Grund in mich verlieben. Aber zu Edsons Glück, und natürlich auch zu meinem, hat er mich lediglich verlassen, weil er neuerdings auf ein Sportinternat in Nizza geht, tausend Kilometer von hier entfernt. Es stimmt, dass er ein toller Volleyballspieler ist, 1,90 m groß und sportlich wie ein Affe – mit zehn Jahren hat er bei einem Zauberer-Wettbewerb am Strand von Touquet den ersten Preis gewonnen –, aber ich weiß auch, dass er niemals weggegangen wäre, wenn unsere Eltern nicht beschlossen hätten, einen auf modern zu machen.

Für mich steht ganz klar fest, dass Margarita und Henri Desruelles (meine Eltern) Opfer des technologischen Fortschritts geworden sind. Tatsache ist, dass sie sich nie besonders gut verstanden haben, aber ich bin mir sicher, dass sie sich einmal sehr geliebt haben – Edson und ich haben nächtelang darüber diskutiert. Die Sache lief erst aus dem Ruder, nachdem sie sich einen Anrufbeantworter zugelegt hatten. Sie hörten jeweils die Nachrichten für den anderen ab und vergaßen, sie weiterzugeben. Man könnte meinen, das sei nichts Weltbewegendes, aber ihr kennt meine Mutter nicht! Sie ist äußerst impulsiv – ein Vulkan, wie Edson gern sagt. Sie begann, meinem Vater ewig lange Nachrichten auf den Anrufbeantworter zu sprechen, und zwar eine Mischung aus Beschimpfungen und Informationen, die er für die Organisation seines Tagesablaufs brauchte (auf diese Weise zwang sie ihn dazu, ihr zuzuhören). Mein Vater reagierte schließlich auf die gleiche Art und Weise, und daraus entwickelte sich mit der Zeit eine richtige Gewohnheit. Da es wesentlich einfacher ist, sich nur mittels Anrufbeantworter zu streiten, zog mein Vater irgendwann in eine eigene Wohnung. Jetzt hat jeder sein eigenes Telefon, und sie glauben, dass alles in Ordnung und es für die Kinder besser sei und dass man mit fast vierzig noch einmal neu anfangen könne. Nun ja, in gewisser Weise ist es ihre Sache. Es wurde erst zu meiner, als Edson unbedingt meinte, seinen Protest in der Form äußern zu müssen, indem er unserem Zuhause den Rücken kehrte.

Er kündigte es mir Ende Juni an, zu einem Zeitpunkt, als ich gerade drauf und dran war, mich zum ersten Mal in meinem Leben ernsthaft zu verlieben, und zwar in ein Mädchen, das mir immer dienstagmorgens in der Bäckerei über den Weg lief. Er teilte es mir kurz vor Mitternacht mit, durch das Loch in der Wand: »Brother, I going to Nice to do the sports and studies, because I not support life here without father.« Edson spricht immer Englisch, wenn er verlegen oder aufgeregt ist. Dabei macht er ziemlich viele Fehler, aber sein Akzent ist super. Er spricht ein bisschen wie die in den amerikanischen Filmen, richtig, genau wie die im Film. Ich war so perplex, dass ich zuerst gar nichts sagen konnte. Ich biss nur heulend in mein Kopfkissen. Bestimmt hatte ich es am Rande schon mitbekommen, aber nicht verstanden, worum es ging. Sonst hätte ich garantiert versucht, ihn davon abzubringen. Edson in einem Sportinternat, das war in gewisser Weise wie eine Eule am Strand in der prallen Sonne: lächerlich, unmöglich und traurig.

Und im August packten nicht nur er, sondern auch wir die Koffer, denn Mama hatte beschlossen, in eine neue Wohnung zu ziehen. Ich wollte nicht mit, als sie ihn zum Flughafen brachte. Und von dem Moment seiner Abreise an begann ich, Probleme mit der Realität zu bekommen. Anfangs war es nicht so schlimm, doch nach und nach nahm es immer gravierendere Formen an. Das Schlimmste daran ist, dass im Endeffekt alles meine Schuld ist; ich hatte schon immer das Gefühl, der tragische Held einer Geschichte zu sein. Helden in Geschichten sterben nicht, sie machen auch keine Fehler und wissen genau, wie man wieder aus seinen Schwierigkeiten herauskommt. Ich aber bin zu naiv, das ist das Problem. Und vor allem gaukle ich mir vor, dass alles nicht so schlimm sei. Ich bin da nicht der Einzige, wir alle sind so. Es ist so eine Art Kopflastigkeit.

Alles begann mit einer Geldgeschichte und verschlimmerte sich wegen einer Liebesgeschichte. Kein Mensch wird mir jetzt glauben, weil Geld im zarten Alter von dreizehn Jahren noch keine Rolle spielen sollte, und was Liebe ist, weiß man angeblich auch noch nicht. Aber ich lüge nicht! Ich habe mir fest vorgenommen nicht zu lügen. Seltsam nur: Je mehr ich mich bemühe, bei der Wahrheit zu bleiben, desto unglaublicher klingt das, was ich erzähle. Anfangs ging es lediglich um 120 Francs, und zwar um die 120 Francs für die Schulversicherung, die Mama mir am 20. September, also vor genau drei Monaten, in die Hand gedrückt hatte. Hätte ich die Scheine damals im Umschlag gelassen, säße ich heute nicht in diesem Schlamassel.

Zwei

»Louis, kann ich dir vertrauen?«

Ich blinzelte. Meine Mutter reagiert auch auf Finger- und Augensprache; Worte sind oft überflüssig bei ihr.

»Pass gut auf diesen Umschlag auf«, fuhr sie fort. »Gib ihn nach dem Unterricht deinem Vater, damit er einen Scheck ausstellt und an die Versicherung schickt. Das grüne Formular ist bereits ausgefüllt, er muss sonst nichts tun.«

»Findest du nicht auch, dass das etwas kleinlich ist?«, fragte ich.

»Wie bitte?«, gab sie zerstreut zurück, weil sie bereits in ihrer Handtasche nach dem Autoschlüssel kramte.

»Warum bezahlt er die Versicherung nicht selbst?«

»Hör mal, mein Großer, misch dich nicht in Dinge ein, die dich nichts angehen. Wir haben es so vereinbart. Ich bezahle alles, was mit der Schule zu tun hat. Aber dummerweise sind mir die Scheckformulare ausgegangen. Außerdem sind wir schon spät dran. Mach jetzt also kein Drama daraus und denk daran, ihm das Geld zu geben. Ich habe keine Lust, mir schon wieder von ihm vorwerfen zu lassen, dass ich unorganisiert und chaotisch bin und alles vergesse.«

»Wenn hier einer ein Drama macht, dann ihr«, murmelte ich. »Und es stimmt, dass du unorganisiert und chaotisch bist und alles vergisst.«

Sie verdrehte nur die Augen und drückte mir einen Kuss auf die Stirn.

Als sie endlich in ihrem Auto saß, beugte sie sich noch einmal aus dem Fenster.

»Soll ich dich wirklich nicht hinfahren?«

Ich ersparte mir die Antwort. Sie weiß ganz genau,

dass ich es hasse mit dem Auto zur Schule gefahren zu werden.

Der Himmel war strahlend blau, und die Häuser zeichneten sich in der Sonne abwechselnd als dunkle und goldfarbene Würfel ab. Auf dem Weg zur Schule dachte ich angestrengt darüber nach, was ich Originelles in dem Aufsatz schreiben könnte, den wir bis kommenden Dienstag abgeben mussten: »Der Herbst – eine impressionistische Beschreibung«. Wie alle Schüler meines Alters war ich mittlerweile zu einem Experten in Sachen Wetterkunde geworden – wegen der seitenlangen Aufsätze, die ich bisher schon notgedrungen mit Betrachtungen über das Herbstlaub, schneebedeckte Landschaften und Knospen an den Kastanienbäumen schreiben musste. Ich liebe Details; je mehr davon ich aneinander reihe, desto mehr habe ich das Gefühl ein richtiger Schriftsteller zu sein. Ich lege großen Wert darauf, die Realität wahrheitsgetreu wiederzugeben. »Beobachtung ist der Anfang aller Dinge«, sagte Edson einmal und er hat Recht. Dieser Herbst war nicht wie sonst, sondern sehr warm, die Bäume waren noch grün, und wenn nicht vor vierzehn Tagen das neue Schuljahr angefangen hätte, hätte ich geschworen, dass es noch Hochsommer war. Die Schultasche in meiner Hand kam mir federleicht vor, und in meiner linken Hosentasche vernahm ich bei jedem Schritt das regelmäßige Knistern der Geldscheine. Vor einem Jahr wohnten wir noch gegenüber von Père-Lachaise, und auf dem Weg zum Gymnasium Voltaire dribbelte ich um Edson – außen, außen, innen, Pass – außen, außen, Jonglieren auf einem Fuß, Knie, Fuß, Pass. Das war immer unsere einzige Kommunikation auf einer Strecke von vierhundert Metern gewesen.

Als ich die ersten Male allein den Weg zu meiner neuen Schule ging, hatte ich versucht, Edson in Gedanken zu umdribbeln, aber ich verlor den Ball dauernd. Die Autos hupten und die Leute machten sich über mich lustig; vor allem die Mädchen. Früher machte es mir nichts aus, wenn ein Mädchen grinste, wenn ich an ihm vorbeiging. Aber jetzt werde ich rot, und das nervt mich so sehr, dass ich nur noch mehr anlaufe. Nach einer Woche war ich so weit, den Ball daheim auf dem Hof liegen zu lassen, und inzwischen haben sich auf dem abgenutzten Leder kleine Inseln aus Moos gebildet. Wenn ich gerade besonders poetischer Stimmung bin, vergleiche ich mich mit diesem Ball – allein und verlassen, in der dunkelsten Ecke eines feuchten Hofes.

Während ich mir also Gedanken darüber machte, wie ich meinen Aufsatz über den Herbst möglichst originell beginnen konnte, stellte ich fest, dass ich mich gerade in einer dieser Stimmungen befand, einer Stimmung reinster Poesie, wo mich selbst der Anblick eines Hundes ohne Halsband zu Tränen rührt, wo das Weinen eines Kindes, das aus einem düsteren geöffneten Fenster dringt, mich glauben lässt, es werde gerade verprügelt, wo ich mich als armen, alten Fußball sehe, den keiner mehr haben will und der sich allmählich mit Moos überzieht, um seinen Kummer zu verbergen. Meine Freunde von früher besuchten alle noch das Gymnasium Voltaire und taten ihr Bestes, um sich durchzumogeln, und mir wurde klar, dass sie mich längst vergessen hatten. Nun ja, was kann man da machen? Kinder haben nun einmal kein Herz (dieser Spruch stammt übrigens nicht von mir, sondern er steht in *Peter Pan*). Kinder haben kein Herz, und was noch schlimmer ist, ist die Tatsache, dass sich das mit zunehmendem Alter nicht ändert. Man brauchte nur die Gesichter von Kevin und Djamel sehen, als ich sie am ersten Tag in der neuen Schule gefragt hatte, ob ich mich außen in ihre Reihe setzen könne – das bisschen Glauben an Menschlichkeit, das ich damals noch hatte, zerschlug sich mit einem Mal. Man nennt das den »leeren Blick« – etwas, was sie letztes Jahr erfunden haben und das ich mir inzwischen auch angeeignet habe. Man muss nur leicht den Kopf senken und jemanden von unten her anschauen. Normalerweise – das heißt, wenn man es richtig macht – sieht man dabei nur die Augenbrauen. Man beherrscht diesen Blick aber nur dann perfekt, wenn es einem gelingt, sich nur auf die eigenen Augenbrauen zu konzentrieren, dem Gegenüber aber den Eindruck vermittelt, dass man es anstiert. Aber ich glaube, ich bin etwas zu schnell. Damals wusste ich noch nichts von Kevins und Djamels kleinen Geheimnissen und abgesehen von den Worten »Gib den Ball ab!« hatte ich noch mit niemandem ein Wort gewechselt. Am Anton-Tschechow wird ziemlich viel Fußball gespielt, und ich Dummkopf hatte gleich am ersten Tag einen entscheidenden Fehler gemacht. Klar, ich wollte Eindruck schinden: tunneln, eigensinniges Dribbeln, durch die gegnerische Abwehr hindurch, Täuschungsmanöver, Fallrückzieher und dann direkt ins Tor. Meine eigene Mannschaft war genauso entsetzt wie die Gegenseite. Und dabei hatte Edson versucht mir beizubringen, wie man sich in eine Gruppe integriert: ganz vorsichtig und langsam, ohne sich in den Vordergrund zu spielen und nötigenfalls sogar mit Schmeicheleien und Ähnlichem. Was ich in diesem Jahr kapiert habe – seitdem ich das Denken nicht mehr meinem großen Bruder überlassen kann –, ist, dass man, um akzeptiert zu werden, entweder total langweilig oder aber sehr selbstsicher sein muss. Ich bin nicht wie Edson, ich bin ständig unsicher. Es gibt zwar Augenblicke, in denen ich mich fast genial finde, aber meistens bin ich verlegen und weiß nicht, wohin mit meinen Händen und Armen oder wohin ich schauen oder was ich sagen soll.

Als ich mich also gerade in Selbstmitleid suhlte und mich mit einem armen alten vermoosten Fußball verglich, kam mir plötzlich eine verrückte Idee. Normalerweise bin ich durchaus in der Lage, eine verrückte Idee als solche zu erkennen – man bekommt eine Gänsehaut oder Herzklopfen –, und dann stoppe ich sie auch sofort, ehe sie konkretere Formen annimmt. Es gibt nichts Gefährlicheres als eine verrückte Idee, der man gestattet, sich voll zu entwickeln; denn wenn sie sich erst einmal im Kopf festgesetzt hat, kann man ihr nicht mehr widerstehen. An jenem Morgen jedoch hatte ich nicht die Kraft, meine Phantasie rechtzeitig zu zügeln, als eine innere Stimme mir zuflüsterte: »Und wenn du die Schule heute sausen lassen würdest? Jetzt, am Beginn des Schuljahrs, läuft sowieso nicht viel. Du hast 120 Francs in der Tasche, das Wetter ist herrlich, tu was dir gefällt, das machen die anderen schließlich auch!« Ich tastete nach dem Umschlag mit dem Geld für die Schulversicherung. Seit sechs Monaten schon bekamen Edson und ich kein Taschengeld mehr, weil wir damit – unter anderem – Zigaretten gekauft hatten. Nachdem Vater uns in flagranti ertappt hatte, hatten wir ihm stundenlang zu erklären versucht, dass wir sie nicht etwa rauchen, sondern sie an die Leute auf der Straße weiterverkaufen, die welche haben wollen. Das war die reine Wahrheit, aber es hatte leider nichts genützt. Es wäre besser gewesen, wir hätten gelogen. Seit einiger Zeit lebte ich also nur von dem kleinen Tauschhandel, den ich mit den Keksen aufgezogen hatte, die ich manchmal bei Großmutter mitgehen ließ. Die tauschte ich dann in Zigaretten um, die ich weiterverkaufte, um mit dem Erlös ins Kino zu gehen. Auf diese Art und Weise hatte ich es innerhalb von fünf Monaten immerhin auf drei Filme gebracht. Okay, das klingt nicht gerade umwerfend, und es erklärt vielleicht, warum ich den Gedanken so faszinierend fand, dass ich mit dem Geld, das ich im Moment in der Tasche hatte, an einem Tag drei Filme hintereinander anschauen konnte.

Und nachdem ich das ausgerechnet hatte, gab es keinen Weg mehr zurück.

Ich bog in die erste Straße nach links ein und lief so schnell ich konnte – aus Angst, meine Vernunft könnte mich wieder einholen. Bevor ich entschied, welche Filme ich anschauen wollte, gönnte ich mir ein kleines Sonnenbad im Park. Ich schloss die Augen, legte den Kopf in den Nacken und die Hände neben mich auf die von der Sonne vorgewärmte Parkbank. Ich redete mir ein, der glücklichste Mensch auf Erden zu sein, aber ausgerechnet da spürte ich, dass meine Augen hinter den geschlossenen Lidern feucht wurden. Zwei dicke Tränen rollten mir über die Wangen. Es war das erste Mal, dass ich ganz allein etwas Schönes unternehmen wollte. Um mich noch etwas mehr zu quälen, dachte ich an »Gesicht auf den Boden« – ein Spiel, das Edson und ich erfunden hatten. Einer nennt ein Datum oder zwei Fußballmannschaften, und sofort muss der andere sich zu Boden werfen, seine Nase auf den Boden pressen und rufen: »Gesicht auf den Boden« und dann den katastrophalen Spielverlauf schildern, der zur Disqualifizierung des abgöttisch geliebten Clubs geführt hat. Zum Beispiel sagt Edson: »89. Minute, Ginola kommt aufs Feld.« Ich rufe: »Gesicht auf den Boden« und schieße los: »Frankreich – Bulgarien, verpasster Schuss von Ginola, wegen Emil Kostadinov scheidet Frankreich in der letzten Minute aus.« Dauert es länger als drei Sekunden, ehe man bäuchlings auf dem Boden liegt, hat man verloren.

Es ist nicht schlimm, wenn man verliert. Dann sagt man: »Ich habe das Gesicht verloren«, und der Sieger klopft dem Verlierer freundschaftlich und zugleich triumphierend auf die Schulter. Ich dachte an einige denkwürdige Spielunterbrechungen und fragte mich, wie Edson wohl mit seinen neuen Kumpeln zurechtkam, Jungs in seinem Alter, durchtrainiert und selbstsicher, die auf einen Steppke in meinem Alter sicher nicht neidisch zu sein brauchten. Mir wurde es langsam zu warm und zudem fingen in einer halben Stunde die ersten Morgenvorführungen im Kino an. Ich nahm die Metro bis zu Les Halles und erlaubte mir einen kurzen Gratisblick ins ›Pariscope‹, in einer Buchhandlung, die groß genug war, damit ich im Gedränge unterging und nicht auffiel. Meine Wahl war nicht schwer zu treffen, da ich mich schon im Vorfeld für die Art von Filmen entschieden hatte: Ich wollte mir einen amerikanischen Film, eine Wiederholung und einen Film ›auf gut Glück‹ ansehen.

Filme sind wahrscheinlich das einzige Gebiet, auf dem mir keiner etwas vormachen kann, nicht einmal Edson. Ich konnte mir ein Grinsen nicht verkneifen, als mir einfiel, wie ich ein einziges Mal bei einem Gespräch mit ihm gespürt hatte, dass ich im Recht war. Es war kurz nach ein Uhr nachts gewesen und er hatte mir seit einer halben Stunde zu erklären versucht, dass so gut wie alles gelaufen war, dass die letzten guten Filme in den Sechzigern gedreht worden waren und dass es nur noch hin und wieder einen Japaner gab, der uns glauben ließ, dass die Siebte Kunst doch nicht ganz tot war. Ich hatte ihm zunächst nur schweigend zugehört – wie immer willig und bereit, seine Sicht der Dinge zu meiner eigenen zu machen, doch dann, ganz allmählich, hatte ich das Gefühl gehabt nicht länger schweigen zu können.

»Das sagst du nur, weil du immer dieselbe Art von Filmen anschaust. Du entscheidest immer schon vorher, welcher Film gut und welcher schlecht ist, und gehst nie ein Risiko ein. Wenn ich mir mal einen Film auf gut Glück anschaue, dann bin ich zwar oft enttäuscht, aber manchmal ist er auch super. Ab und zu gehe ich nur deshalb in einen Film, weil mir das Plakat oder der Titel gefällt. Okay, wenn ich Pech habe, taugt er dann nichts, aber manchmal ist er auch gut, genau wie deine alten Schinken.«

»Ein Beispiel! Nenn mir ein Beispiel!«

Das ist typisch für Edson – er hat keinerlei Vertrauen in die Urteilsfähigkeit anderer. Er will Beweise, immer will er Beweise. Selbstverständlich hatte ich kein Beispiel parat – wenn ich unter Druck stehe, fällt mir nie etwas ein. Also sagte ich: »Na schön, du hast gewonnen.«

Er ließ es dabei bewenden und ich wusste, dass ich ihn nach Punkten geschlagen hatte, auch wenn ich nur um Haaresbreite am K.o. vorbeigeschliddert war.

Was den amerikanischen Film anging, so hatte ich die Qual der Wahl; ich entschied mich schließlich für *Menace II Society*, weil ich es lustig fand, dass im Titel eine Zahl vorkam. Von den Wiederholungen hatte ich schon eine Menge gesehen und entschied mich schließlich für *Big Boss*, einen alten Bruce-Lee-Film, von dem Papa mir schon erzählt hatte. »Papa ist nicht wirklich ein Intellektueller«, lautet einer der Standardsätze meiner Mutter. Das ist einer dieser Sätze, die darauf abzielen, dem anderen wehzutun; mit denen man den Ehemann verletzen will, letztendlich jedoch nur den Söhnen das Herz bricht. Ich habe keine Ahnung, ob mein Vater ein Intellektueller ist oder nicht und ehrlich gesagt ist es mir auch egal. Ich bin mir jedoch ganz sicher, dass die Tatsache, dass er Karatefilme mag, ihn nicht automatisch zum Blödmann abstempelt. Während ich versuchte mir einzuprägen, wann und wo *Big Boss* lief, fühlte ich mich solidarisch mit ihm und das gab mir ein gutes Gefühl.

Was den Film ›auf gut Glück‹ anging, so habe ich hier ein bisschen geschummelt, denn der Film, den ich anschauen wollte, war nicht ganz unbekannt. Er war in Cannes mit der Goldenen Kamera ausgezeichnet worden und trug den seltsamen Titel *Kleine Arrangements mit den Toten*. Das klang eher nach einem Film für meine Mutter: poetisch, geheimnisvoll, anspruchsvoll. Edson hätte sicher gesagt, das sei wieder einer dieser Filme für ausgeflippte Frauen, aber ganz zufällig hatte ich neulich beschlossen, mich etwas mehr für ausgeflippte Frauen zu interessieren. Dem aufmerksamen Leser wird sicher nicht entgehen, dass ich mich verpflichtet fühlte, auch Mama eine

kleine Ehre zu erweisen, nachdem ich Papa schon den Tribut gezollt hatte, den japanischen Karatefilm anzuschauen, was mich geistig innig mit ihm verband.
Es ist ganz schön anstrengend, geschiedene Eltern zu haben. Man versucht, es beiden recht zu machen, sie gleich zu behandeln, ja sogar demokratisch zu sein, was natürlich den Vorteil hat, dass man automatisch intelligenter wird. Jedenfalls redeten wir – Edson und ich – uns das ein, nachdem unsere Eltern an jenem Abend mit feierlichen Mienen antraten, um uns mit dem vertraut zu machen, was sie ihren ›neuen Lebensplan‹ nannten.
Die Filmvorstellungen griffen wunderbar ineinander über, und während die Sonne am Himmel ihre Bahn zog, verbrachte ich meinen Tag im Untergrund, abwechselnd in den Gängen der Metro und in dunklen Kinosälen. Als ich am Ende wieder aus den Eingeweiden der Stadt Paris hervorgekrochen kam, war es bereits zwanzig nach vier, die Straßen schimmerten in einem goldenen Licht, meine Augen waren geblendet, mein Kopf zermatscht und mein Herz seltsam zugeschnürt. Seit dem Frühstück hatte ich nichts mehr gegessen, und all die Bilder, die an mir vorübergeflimmert waren, schwirrten mir noch im Kopf herum. Meine Ohren sausten zum Verrücktwerden. Ich fühlte mich verloren, so als wäre ich ge-

rade frühmorgens aufgewacht und wüsste im ersten Moment nicht, wo ich bin. Die Angst, denn darum handelte es sich eindeutig, hatte mich immer mehr gepackt.

Für den ersten Film hatte ich es mir ganz bequem gemacht, die Füße auf der Rückenlehne des Vordersitzes, die Arme vor der Brust verschränkt. Das Soundsystem, bis zum Anschlag aufgedreht, ließ meinen Magen vibrieren, und ich durchlebte eine eineinhalbstündige Schießvorführung mit Schalldämpfern. *Fuck mother fucker – what's the fuck – you fuck the –* ptiiiu-patsch-plaff – zwei Tote. *You fucker – don't fuck the fuck with me* – ptiiiu-patsch-plaff – Blutlache, ein Rinnsal aus Blutfarbstoff im Mundwinkel, ein Faustschlag auf den Kopf seiner Alten, der Dealer haut mit der Kohle ab, zu spät, und dabei hatte er doch beschlossen, ein neues Leben anzufangen und eine Familie zu gründen, abgesehen davon, dass – *you nigger – don't fuck the fuck out of me* – ptiiiu-patsch-slash-fiizzz, Schüsse, Schnitt, Dollars fliegen durch die Luft, plärrende Kids am Rockzipfel ihrer Mütter, Schponk – slaz- vrrrr- schtonk, Wagentüren werden zugeschlagen, Vollbremsung, Schleudern – *yeah man yo* – Ende des Films, die Finger fast klebrig von dem vielen Blut, das hemmungslos vergossen wurde. In der Metro fühlte ich mich schrecklich klein und verletzlich. Hätte ich den kleinen Finger in der Tür ein-

geklemmt, dann wäre der Sack voller roter Blutkörperchen, der ich war, unweigerlich leer gelaufen.
Dagegen war der Bruce-Lee-Film fast eine Operette. Das gedämpfte Geräusch von Körpern, zerrissenem Stoff, ein Konzert aus Schlägen mit Stöcken, Keulen und Ketten. Unbeschädigte Körper, die am Fuße hoher Bäume niedergeknüppelt werden. Eine ruhige Choreographie und ein richtig lieber, guter Hauptdarsteller, der gegen all die schrecklich Bösen antritt. All das noch gedämpft durch das Vorführmaterial aus der Vorkriegszeit und das Dröhnen der Metro in nächster Nähe. Ich begann, mich allmählich wieder etwas wohler zu fühlen, bis dann beim letzten Bild mein Herz plötzlich zu Eis erstarrte. Der Film endet enttäuschend, das letzte Bild hält Bruce Lee für immer in einem Sprung fest, von dem er nie mehr herunterkommen sollte. Er starb nämlich während der Dreharbeiten und so erfuhr man nie, ob der kleine Drachen je mit der langarmigen Bande fertig wurde. Es stimmte, mein Vater hatte mir von dieser Tragödie erzählt, aber in der Zwischenzeit hatte ich das total vergessen. Ich war so blöd mich zu fragen, ob es mehr wehtat, wenn man wirklich starb.
Noch am ganzen Körper zitternd nahm ich in einem der großen purpurfarbenen Sessel eines Kinos an den Champs-Élysées Platz. Allmählich war ich fast wie betäubt. Während der Werbung zählte ich nach,

wie viel Geld mir noch blieb. Im Halbdunkel blitzten die wenigen Münzen bedrohlich auf; sie erinnerten mich mit einem Schlag daran, dass ich kein Besucher war wie all die anderen, dass ich eigentlich im Unterricht hätte sein müssen und dass mein Vater nun die Schulversicherung aus seiner Tasche bezahlen musste. Der Film entsprach in keinster Weise meinen Erwartungen. Edson hätte er sicher gefallen. Dieses Mal floss kein Blut, es gab keine Schlägerei und keinen Mord, nur die ständige Wiederholung von fast identischen Bildern, Menschen, Gesichtern und vom Tod – schon wieder Tod, nur dass er diesmal echt war. Der Tod, das ist, wenn die Menschen, die zurückbleiben, zutiefst traurig sind.
Mit Edsons Weggang war es so ähnlich. Ich konnte es erst glauben, als ich in sein Zimmer gegangen war und er nicht mehr da war, seine Sachen verschwunden waren. Und wenn Mutter zu Tisch rief, musste sie nicht mehr rufen: »Das Essen ist fertig, ihr zwei!«
Als ich aus dem Kino kam, fand ich es schade, dass ich allein war. Normalerweise hasse ich Gespräche nach einem Film. »Mensch, hast du gesehen, wie das Flugzeug abhob?« oder »Yeah, der Sound, Wahnsinn!« oder »Und als er zu seiner Freundin sagte, Röcke würden ihr besser stehen – das Gesicht von der Tussi!« Ich bin eher ein Anhänger einsamer Medita-

tion. Doch dieses eine Mal, so winzig klein auf dem Gehsteig und von Menschen und dem Sonnenschein überflutet wie ich, da fühlte ich mich plötzlich auch vom Tod bedroht. Wenn ich gleich die Straße überquerte und nicht aufpasste und mich ein Auto erwischte – kein Mensch würde da einen Krankenwagen rufen.

Mit dem restlichen Geld kaufte ich mir ein Croissant und eine Cola und machte mich dann wie ein Zombie auf den Weg zu Papas Wohnung. Die Wohnung war still, leer, wie unbewohnt. In meinem Zimmer hatte er ein Poster an die Wand gehängt, ›um es lustiger zu machen‹. Doch immer, wenn ich es ansah, wurde ich trübsinnig. Es war die Aufnahme einer Safari-Landschaft mit wilden Tieren, so weit das Auge reicht; also die Art von Postern, von denen Väter glauben, sie seien der ideale Wandschmuck für das Zimmer eines Sohnes. Ich fand es hoffnungslos ätzend. Wenn ich mich manchmal abends quälen wollte, stellte ich mir vor, wie Papa ganz allein in seinem neuen Zuhause auf einem Schemel steht, die Reißnägel im Mund hat und gerade dabei ist, das Poster an die Wand zu heften, während in der Küche die Fertigsuppe kalt wird. Dann ist mir jedes Mal zum Heulen zumute.

Ich persönlich finde diese Scheidungsgeschichte absolut lächerlich. Meine Mutter ist zum Beispiel völlig ausgerastet, seit sie von Vater getrennt lebt. Sie arbeitet neuerdings in der Buchhandlung einer Freundin. Ich weiß, dass sie nicht unbedingt Geld braucht; »es geht um mein Selbstwertgefühl«, behauptet sie. Aber an diesen Quatsch glaube ich nicht. Virginie, ihre Buchhändlerfreundin, ist seit vier Jahren ebenfalls geschieden und ich denke, dass meine Mutter eine Art Praktikum bei ihr macht, um zu lernen, wie man als moderne, unabhängige Frau lebt. Virginie gibt ihr massenhaft gute Ratschläge, schleppt sie ins Theater, erklärt ihr, dass sie sich nicht gehen lassen dürfe, schlägt ihr vor, sich die Haare zu färben, und schwärmt in höchsten Tönen vom Besuch einer Schönheitsfarm. (Soweit ich verstanden habe, handelt es sich dabei um eine Art Ferienlager für dicke, erschöpfte oder geschiedene Frauen, wo sie den ganzen Tag in grünem Schlamm baden, was ihnen neue Kräfte verleihen soll.) Meine Mutter strengt sich tierisch an, ihrer Freundin immer ähnlicher zu werden. Sie hat einen Informatikkurs belegt und sagt, dass Männer alle Halunken seien – und schlürft um sieben Uhr abends ein Gläschen Wodka. Sie tut so, als glaube sie selbst daran, aber mir macht sie so leicht nichts vor. Wenn Papa mich manchmal am Samstagnachmittag abholen kommt, dann schminkt sie sich und wirft sich in Schale; sie ist sehr nervös und kämmt sich bis zu fünfzehn Mal. Wenn er dann ankommt und ihr ein Kompliment macht, errötet sie bis zu den Haarwurzeln. Leider kann sie sich dann die Bemerkung nicht verkneifen, dass sie sich nur schick gemacht hat, um einen neuen Mann zu finden. Darüber regt Papa sich dann auf und meint, in ihrem Alter sei das doch wohl nicht mehr nötig. Wenn dann die Wohnungstür hinter uns zufällt, höre ich, wie Mama flennt und die Kommode im Flur mit Fußtritten traktiert. Und wenn wir im Auto sitzen, macht mein Vater ein verkniffenes Gesicht und schimpft auf alle anderen Autofahrer. Mir bleibt dann nichts anderes übrig, als mich in meinen Sitz zu kauern und zu warten, bis sein Anfall vorüber ist.

Oft gehen wir ins Restaurant zum Essen. Anfangs fand ich das super – ich liebe Restaurants –, aber seit ich dort die vielen anderen Kids gesehen habe, die wie ich allein mit ihrem Vater da waren, der nicht weiß, was er sagen soll, um sie aufzuheitern …, tja, seither finde ich das Ganze ziemlich übel. Ich stelle mir vor, wie das Personal – vom Chef über den Koch bis zu den Bedienungen – sich händereibend sagt: »Prima, heute ist Samstag, da werden wir wieder einen Bombenumsatz machen mit all den geschiedenen Vätern, die nicht kochen können!« Letzten Samstag habe ich Papa deshalb vorgeschwindelt, ich hätte zu viele Hausaufgaben, und schlug vor, uns zu Hause mit belegten Broten zufrieden zu geben. In seinem Blick lag eine große Dankbarkeit und ich fragte mich, warum Eltern sich das Leben so schwer machen müssen.

Ich machte das Fernsehen an, einfach um mich etwas abzulenken, aber ich hatte zu starke Kopfschmerzen um hinzusehen. Ich lief eine Zeit lang im Kreis herum, wobei ich mir alle Mühe gab, nicht ständig auf die Armbanduhr zu schielen. Normalerweise hätte Papa längst da sein müssen. Er wusste, dass Mutter heute Abend ausgehen wollte und er deshalb an der Reihe war. Er hatte ihr versprochen, um fünf Uhr aus der Praxis zu kommen.

Gegen sechs Uhr, nachdem ich ein Kilo Vanillejoghurt gefuttert hatte, beschloss ich ihn anzurufen. Der Anrufbeantworter von Doktor Desruelles teilte mir mit, dass ich mich im Notfall an die Ambulanz von Montrouge wenden solle. Wütend legte ich wieder auf und dachte dabei, dass Mama zwar sicherlich unorganisiert war, Papa dafür aber ernsthaft an Gedächtnisschwund litt.

Er hatte mich ganz offensichtlich vergessen.

Am liebsten hätte ich alles kurz und klein geschlagen, die Schränke ausgeräumt und alle Teller und Tassen auf den Boden geknallt. Wütend marschierte ich in die Küche, um meinen Gefühlen freien Lauf zu lassen und einen Orkan zu entfachen. Doch da fiel mein Blick auf das armselige Regal, das meinem Vater als provisorischer Schrank dient: drei Schälchen, die nicht zusammenpassten, und ein Stapel Pappteller. Der Orkan in meinem Bauch schrumpfte wieder in sich zusammen und ich schlug nur mit der Faust gegen die Tür des Kühlschranks. Das tat zwar fürchterlich weh, war aber irgendwie beruhigend.

Das Telefon begann zu läuten. Falls es Papa war, würde ich sofort wieder auflegen.

»Hello, brother, feel good today?«

»Na ja, und du? Wolltest du Papa sprechen?«

»Nicht unbedingt. Dies ist nur mein üblicher kleiner Freitagabendanruf, um den Zustand unserer zersplitterten Kleinfamilie zu checken. Also, feel good today, oder was?«

»Oder was?«, wiederholte ich missmutig.

»Feel kein bisschen good?«, fragte mein Bruder, ganz großer Psychologe.

»Papa hat mich vergessen.«

»Na und, du bist doch nicht mehr drei. Du kannst auch mal einen Abend allein sein, oder?«

»Lass das! Das ist nicht das Problem, das weißt du genau! Es geht ums Prinzip.«

»Stimmt«, sagte Edson, plötzlich sehr ernst. »Du hast Recht. Papa hält sich nicht an Prinzipien und dafür muss er bestraft werden.«

»Bestraft werden? Machst du Witze? Ich kann es mir nicht leisten, den starken Mann zu spielen. Aber ich würde ihm siebenundzwanzigeinhalb Strafpunkte aufbrummen.«

Inzwischen fühlte ich mich schon etwas besser. Mama sagt immer: »Sag mir, was los ist. Es tut einem gut, wenn man sich ausspricht.« Normalerweise schaue ich sie dann nur verständnislos an. Aber sie hat nicht ganz Unrecht. Die simple Tatsache, dass ich zu Edson sagte, ich würde Papa siebenundzwanzigeinhalb Strafpunkte geben, hatte genügt, um meine Wut in Nichts aufzulösen.

Ich hätte weiterreden können, ihm alles erzählen können. Ich hätte ihm mit ernster Stimme anvertrauen können, dass ich den ganzen Tag über dem Tod ins Auge geblickt hatte. Ich hätte ihm gesagt, dass er leicht und locker daherkommt und dass mir das Angst gemacht hat, dass ich seit meiner kinobedingten Magenverstimmung den Eindruck hatte, zu spüren, wie jeder einzelne Zentiliter Blut meine Herzklappen passiert. Er hätte nichts darauf antworten können, aber schon das Erzählen hätte mich beruhigt. Anschließend hätte ich ihm auch noch von dem Geld für die Schulversicherung erzählen können. »Wenn ich Papa jetzt bitte, sie zu zahlen, würde er Mama anrufen und sich beschweren, dass das gegen ihre Abmachung sei. Sie würde stocksauer werden und schon wären sie wieder mitten im schönsten Streit. Außerdem wüsste sie dann, dass ich das Geld unterschlagen habe, und ich stünde als Dieb da.« Es wäre so leicht gewesen! Edson hätte eine Lösung gewusst oder mir zumindest gesagt, ich solle mir keine Sorgen machen, und das hätte genügt. Aber ich habe es nicht gewagt. Ich wusste, dass für ihn der Neuanfang in diesem Internat auch nicht gerade rosig war. Bestimmt kam er sich auch wie ein alter, mit Moos überzogener Fußball vor. Ich hörte am Klang seiner Stimme, dass er sich noch nicht so richtig an das Leben unter den ›Körperfanatikern‹ gewöhnt hatte, wie er seine Mitschüler am Sportinternat von Nizza nannte. Wenn ich ihm erzählt hätte, dass ich meinen Tag im Kino verbracht hatte, wäre er vor Neid gestorben.

»Stielike hat seinen Elfmeter verschossen«, sagte ich, nur um etwas zu sagen. »Didier Six macht sich gerade zu einem Schuss fertig.«

»Gesicht auf den Boden«, antwortete er. »Frankreich – Deutschland 1982.«

»Zu einfach«, sagte ich grinsend. »Und, wie war dein Tag?«

»Normal. Fünfundsiebzig Liegestütze seit heute Morgen, davon fünfundzwanzig mit In-die-Hände-Klatschen. Ich komme mir vor wie ein Salamander mit epileptischen Anfällen.«

Ich konnte nicht lachen.

»Und du?«, fragte er um abzulenken.

»Oh, nichts Besonderes.«

Mein Mund verzog sich, als wollte ich gleich losheulen. Ein Telefon ist nicht dasselbe wie ein Loch in der Wand in der Nacht. Am Telefon kann man nicht wirklich miteinander reden. Man ist allein. Man hat sein Kinn gegen den Plastikhörer gepresst, und wenn man dabei zufällig in einen Spiegel schaut, sieht man aus wie ein Bekloppter, der Selbstgespräche führt.

»Soll ich Papa sagen, dass du angerufen hast?«

»Nö, nicht nötig.«

»Kommst du bald nach Hause?«

»An Allerheiligen oder spätestens an Weihnachten.«

»Okay, tschüss dann ...«

Ich legte auf. Die Stille füllte sich langsam mit Motorengeräuschen, quietschenden Reifen, fernen Kinderstimmen und den Schritten der anderen Hausbewohner, die in ihren Wohnungen hin- und herliefen. Ich stand neben dem Telefon und rang mich zu einer wichtigen Entscheidung durch: nichts zu tun. Ich würde Papa nichts von der Versicherung sagen. Mama würde nichts erfahren. So wichtig war das Ganze nicht.

Drei

Am Samstagmorgen erfuhr ich, dass das Klassenbuch gestohlen worden war, so dass die Lehrer die Fehlenden am Vortag nicht hatten eintragen können. ›Schrottschulen‹ haben manchmal auch ihre Vorteile!

Einen Moment lang überlegte ich, ob ich nicht anfangen sollte an Gott zu glauben. Doch dann beschloss ich, dass ein Gott, der Typen wie mich deckt, die die Schule schwänzen, um ins Kino zu gehen – noch dazu mit dem Geld für die Versicherung –, es wohl kaum verdient hatte, über den Wolken zu thronen und darauf zu warten, dass man sich ihm zu Füßen wirft.

Ich setzte mich neben Sandra Tournachère, die mir sogleich in vertraulichem Ton mitteilte: »Du brauchst dir keine Sorgen zu machen wegen gestern, niemand hat etwas gemerkt.« Sandra Tournachère ist ein Fall für sich. Anders kann ich sie nicht beschreiben. Sie ist etwas größer als wir anderen, hat lange, nach hinten gekämmte, glatte Haare, ziemlich hübsche grüne Augen und sieht immer ›adrett‹ aus (wie meine Großmutter sagen würde): auf Hochglanz polierte Schuhe und weiße gebügelte Hemdbluse. Ihren Mantel legt sie immer ordentlich gefaltet über

die Stuhllehne. Sie ist ziemlich gut in der Schule, lächelt viel und hat sogar einen ihr eigenen gewissen Humor, aber – denn natürlich gibt es ein Aber – niemand kann sie leiden. Dass ich mich neben sie gesetzt habe, lag nur daran, dass ich ziemlich spät dran war, und neben ihr ist immer ein Platz frei.
Mir kam sie gleich am ersten Tag etwas komisch vor. Sie sieht aus wie der Typ Mensch, der ständig feuchte Hände hat, die Nase hochzieht, Haare verliert oder komisch riecht. Ich sage bewusst ›der Typ‹, denn in Wirklichkeit trifft bei Sandra Tournachère nichts davon zu. Sie ist ganz in Ordnung, bis auf die Tatsache, dass sie dieses unerklärliche Etwas um sich herum hat, wie eine Aura, ein Magnetfeld, ein Schleier.
Die Englischstunde verbrachten wir damit, einen Text der Beatles zu zerpflücken. Die Verpuits, unsere Englischlehrerin, ist eine absolute Demagogin. Sie will nicht, dass wir sie Verpuits nennen oder Madame und erst recht nicht Mademoiselle. Sie besteht darauf, dass wir Licia zu ihr sagen (das ist die Koseform von Laetitia und bedeutet angeblich »Freude« – wie sie uns gleich am ersten Tag erklärt hatte). Ich bin nicht gerade ein Ass in Englisch, aber ich meine behaupten zu können, dass Licia Verpuits absolut *has been* ist. *Has been* und Demagogin, eine tödliche Mischung. Um uns einen Gefallen zu tun, nimmt sie

dauernd Songtexte durch, doch da sie von guter Rockmusik keinen Schimmer hat, quälen wir uns gemeinsam durch die Texte der Beatles oder von Simon and Garfunkel. In Wirklichkeit aber läuft die meiste Zeit über gar nichts: Sie verliert erst mal eine gute Viertelstunde mit der Überprüfung der Anschlüsse der Anlage, die einer von uns vor Beginn der Stunde sorgfältig lahm gelegt hat, dann lässt sie das Lied laufen und wiegt dabei den Kopf wie ein altersschwacher Cockerspaniel, und schließlich muss sie gute zehn Minuten lang etwa zweihundertfünfzig Mal »please« sagen, um die Klasse ruhig zu bekommen. Sie tut das, ohne sich jemals aufzuregen, mit dem Lächeln einer Heiligen und leisem nervösem Fingertrommeln. Wenn wir schließlich ruhig werden, dann nicht, weil wir Angst davor hätten, vor die Tür gesetzt zu werden, sondern weil uns nach einer gewissen Weile Langeweile und Lethargie überkommen. Diese Lehrerin ist wie eine schlechte Fernsehsendung, die einen mit Klebestreifen auf dem Sofa festhält – durch den unheilvollen Zauber einer monotonen Stimme, eines starren Bildes und eines absurden Themas.

Anfangs hatte ich noch Mitleid mit der Verpuits gehabt. Aber nach drei Unterrichtsstunden hatte ich die Nase voll von ihren strohblonden Haaren, an denen sie ständig herumzupft, und ihrem süßlichen

Getue. In ihren Augen sah ich, dass sie uns nicht ausstehen kann. Ihr werdet jetzt vielleicht sagen, dass man ihr das nicht verdenken kann – wir sind manchmal wirklich richtige Scheusale. Doch das, was ich neulich in ihren Augen las, war nicht die legitime Wut über eine Horde von schwachsinnigen Schülern, sondern es waren Hass und Verachtung für jeden Einzelnen von uns, ein Aufblitzen von Überlegenheit und Falschheit. An diesem Samstagmorgen hatte ich jedenfalls noch weniger als sonst Lust mich anzustrengen.

Vor Langeweile begann ich Sandras Hände zu betrachten, die mit ihren Stiften herumspielte und sie mechanisch klappern ließ. Sie schrieb ein Wort, ließ den schwarzen Kugelschreiber zurückfallen, nahm dann den roten Filzstift und malte einen kleinen Mund an den Rand, dann unterstrich sie das Datum mit Bleistift. Eine Viertelstunde später war ihr Ringbuchblatt voll – mit Wörtern, Zeichnungen und viel Gekritzel. Wäre ich Psychiater gewesen, hätte ich daraus sicher erschreckende Rückschlüsse auf ihren Geisteszustand ziehen können. Ihr weiterhin nach vorne zur Verpuits gewandtes Gesicht blieb total ausdruckslos, während ihre Finger mit einem kaum wahrnehmbaren Zittern ständig in Bewegung waren, wie die Beine einer Spinne. Ich versuchte zu entziffern, was sie da kreuz und quer, von unten nach oben und diagonal geschrieben hatte. Es waren Bruchstücke von Sätzen, Anfänge von Erklärungen der Verpuits, die sich langsam in kleine Gedichte verwandelten, die lächerlich und rührend zugleich waren. »Wenn man bei der zweiten Strophe genau hinhört, erkennt man das durative Präsens, das leicht gezischte ›S‹ am Ende, das sie sagen, wenn sie nichts anderes mehr zu tun haben, als die Welt durch Tropfen hindurch zu betrachten, *Lives in a dream*, anders gesagt, lebt in dem Traum, dass die stattgefundene Hochzeit Anlass zum Lachen oder zum Weinen gibt, als wenn sie nicht hielte ... Ich werde deine Hand nehmen als Zeichen des Verlassenseins auf dieser Erde aus Blei.«

»Was schreibst du da?«, hörte ich mich plötzlich fragen.

Sandra wurde rot und blätterte schnell weiter.

»Ich war mit den Gedanken ganz woanders«, antwortete sie, ohne mich anzusehen.

Jetzt hielten ihre Hände absolut still; sie lagen untätig neben dem weißen Blatt.

»Schreibst du ein Tagebuch?«, fragte sie plötzlich, die Augen noch immer auf die Englischlehrerin geheftet.

Ich gab keine Antwort. Ich fand, dass das eine indiskrete und zugleich lächerliche Frage war. Ein *Tagebuch* – auf so etwas konnte nur eine heillose Romantikerin kommen. Ich bedauerte sofort, dass ich sie überhaupt angesprochen hatte.

»Ich hasse es«, sagte sie nach einer Weile. »Es ist so sinnlos. Aber mein Vater meinte, ich solle Tagebuch schreiben. In einem Tagebuch stehen nur Lügen. Ein Tagebuch schreibt man im Grunde genommen nur, damit ein anderer es liest. Man versteckt es so, dass es von jemandem gefunden wird.«

Sie flüsterte diese Worte mit einer solchen Inbrunst, dass man das Gefühl bekam, diese Tagebuchgeschichte wäre für sie eine Frage um Leben und Tod. Ich war peinlich berührt und leicht abgestoßen. Ich schämte mich zwar für dieses Gefühl, aber ich konnte nichts dafür. Dieser Schleier um Sandra, der bewirkte, dass man mit ihr nicht warm wurde, bestand in Wirklichkeit aus der Tatsache, dass eben kein Schleier vorhanden war. Wie soll ich euch das erklären? Wenn ich mich unter den anderen Schülern meiner Klasse umschaue, so kann ich sehr wohl erkennen, dass sich jeder Einzelne unter einer schützenden Glasglocke befindet, an seinem Platz, in seiner Rolle. Sandra hingegen ist verrückt. Man kann nicht mit ihr reden. Nun ja, mit Mädchen kann man sowieso nicht richtig reden. Sie drehen einem das Wort im Mund herum. Logik ist ein Fremdwort für sie. Ich schaute in eine andere Richtung und versuchte so zu tun, als gäbe es Sandra nicht.

Ein paar Minuten später begann sie wieder mit ihren Stiften zu klappern und ich spürte instinktiv, dass ich diese leise Musik nie wieder loswerden würde. Krampfhaft versuchte ich, mich auf das Blabla der Verpuits zu konzentrieren, aber dazu war es zu spät. Die Bresche, die tags zuvor geschlagen worden war, musste aufgefüllt werden, ganz gleich womit.

*

Mein Vater war um zwanzig nach acht mit einer Freundin angekommen, nun ja – einer Kollegin, nun ja – du bist ja schon groß: Ich stelle dir Vera vor.
Ich ging in mein Zimmer und schloss mich ein. Ich hörte Geflüster, Schritte im Flur, das Rascheln von Mänteln und Handtaschenriemen. Fünf Minuten später fiel die Eingangstür ins Schloss und Papa klopfte an meine Tür. Ich ließ ihn rein. Er setzte sich auf den Boden mit dem Rücken zur Wand. Ich lag auf dem Bett, das Gesicht im Kopfkissen, und wartete auf die Sintflut, den Regen von Beschimpfungen und Vorwürfen, einen Schlagabtausch wie in Seifenopern. Ich war bereit, die Beschimpfungen über mich ergehen zu lassen, bereit, meine Rolle zu spielen in einer rührseligen Aussprache zwischen dem geschiedenen Vater, der versucht, ein neues Leben zu beginnen, und dem unbeugsamen Sohn, der ihn mit allen Mitteln daran zu hindern versucht.

Gäbe es nicht so viele schlechte Filme und verbrächte ich nicht so viel Zeit vor dem Fernseher, hätte ich vielleicht weniger Angst gehabt, in die Falle von Klischees zu tappen, und hätte das Kommende erwartet, ohne innerlich höhnisch zu grinsen, weil ich an Dustin Hoffman in *Kramer gegen Kramer* und an andere Kitschfilme denken musste.

Ich hatte mich innerlich auf die Sintflut vorbereitet, doch diese blieb aus. Papa saß nur reglos da. Ich hob unmerklich den Kopf, um zu sehen, was er machte. Seine Arme hingen kraftlos zwischen den angewinkelten Knien. Mit gerunzelter Stirn und verkniffenem Mund starrte er ins Leere, als wollte er mir etwas sagen, schaffte es aber nicht. Ich wusste, dass es schrecklich für ihn war, dass zwischen uns etwas zerbrochen war, dass es keine harmlosen Sätze mehr geben würde wie: »Papa, kommst du das Fußballspiel anschauen?« oder »Louis, ich möchte dich bitten, die Handtücher nicht zusammengeknüllt auf den Boden zu werfen«. Wir würden nur noch von Mann zu Mann diskutieren, und er würde mich nicht mehr in die Arme nehmen können, ohne dass ihm nach Weinen zumute wäre. Ich war wie die Scherbe einer zerbrochenen Vase, an der er noch immer hing, obwohl er sie selbst zum Fenster hinausgeworfen hatte.

Schließlich stand er auf. Ich wollte auch aufstehen,

wie sein Schatten, und seine Hand nehmen. Aber mein Körper war ein Gefangener meines Bettes. Ich spürte, dass er eine Sekunde lang hoffte, ich würde ihm irgendwie entgegenkommen.
Als er mein Zimmer wieder verließ, war ich seltsamerweise erleichtert. Ich hatte keine andere Wahl: Weil ich ihn liebte, musste ich ihn leiden lassen, damit er nicht der einzig Böse in dieser Geschichte war.
Ich zerriss das grüne Formular der Schulversicherung und dachte mir dabei, dass die Zeit der wirklichen Probleme erst begonnen hatte.

*

»Do you think that Eleanor Rigby is one of the lonely people, Louis, please?«
Die Stimme der Verpuits kam wie aus weiter Ferne.
Ich sah sie an, ohne zu antworten.
»Now, shall I repeat?«
Ich schüttelte den Kopf und dachte einen Augenblick nach.
»Yes«, sagte ich dann mit sehr überzeugter Miene.
»And can you tell us, Louis, what is her job in the church?«
Ich zuckte mit den Schultern. Sandra meldete sich und antwortete an meiner Stelle. Ihr Englisch erinnerte mich ein bisschen an Edsons – sie sprach ohne

die Worte voneinander zu trennen. Es floss wie von selbst und verlieh ihr eine andere Stimme, eine ernstere, sanftere.
Die Verpuits schien zufrieden und schaltete die Musikanlage aus. Damit wollte sie uns zu verstehen geben, dass sie uns in einem seltenen Anflug von Güte zwei Minuten vor dem Ende der Unterrichtsstunde in die Freiheit entließ.
Sandra begann in aller Ruhe ihre Stifte zu ordnen, während alles um sie herum – Schultaschen, Stühle, Jacken und Tische – Walzer tanzte. Ich verspürte Lust ihre Haare zu berühren, mich ihr in irgendeiner Art und Weise zu nähern, einfach um zu begreifen, was mit ihr los war. Ich stieß mit dem Fuß gegen ihren Stuhl und tat so, als hätte ich es nicht mit Absicht getan. Sie drehte sich zu mir um und sagte lächelnd: »Macht nichts.«
Ich zwang mich, nicht zurückzulächeln und rannte in Richtung Mathesaal.

Madame Parisi war nicht in Form. Sie hatte Ringe unter den Augen und seufzte nach jedem dritten Satz. Es roch zehn Kilometer gegen den Wind nach einer unangesagten Klassenarbeit.
Kevin, der eine Art Radar für das Aufspüren dieser Art von Katastrophen besaß, bat darum, hinauszudürfen.

»M'dame, eh, M'dame, ich sollte schnell raus, weil … ich muss halt raus.«
»Geh, Gélin, geh ruhig. Beklag dich aber nicht, wenn du die mittlere Reife nicht schaffen wirst.«
»Nein, M'dame, versprochen, M'dame.«
Die Klasse bog sich vor Lachen und Madame Parisi verdrehte die Augen.
»Weshalb macht man sich überhaupt die Mühe, euch Mathematik beibringen zu wollen?«, sagte sie mit einer Stimme, die plötzlich viel fester war.
Das allgemeine Gelächter verstummte und jeder blickte betreten auf seinen Tisch.
»Warum? Diese Frage ist ernst gemeint. Hätte jemand die Güte zu antworten? Babeth?«
»Nun, ich …, äh, ich weiß nicht; weil es auf dem Lehrplan steht?«
Die Parisi schien wenig überzeugt.
»Vernoux?«
Sebastian zuckte nur mit den Schultern.
»Haddad?«
»Damit wir hinterher studieren können.«
Die Lehrerin runzelte die Stirn, als verstünde sie die Antwort nicht richtig.
»Desruelles?«
Ich hätte zu gern etwas Intelligentes gesagt, etwas, das uns alle gerettet hätte, sie und uns, etwas Optimistisches.

»Begreift ihr denn nicht?«, sagte sie nach einem langen Moment des Schweigens. »Mathematik ist eine Wissenschaft, die das Denkvermögen schult. Sie strukturiert den Geist, stellt eine Annäherung an die Welt dar. Wer kann mir sagen, welche Verbindung zwischen der Welt im Allgemeinen und der Mathematik besteht?«

»Die Null!«, rief Djamel begeistert aus. »Mathe ist null, die Welt ist null. Null plus null ergibt null.«

Er sagte es lachend und die halbe Klasse lachte mit. Die Parisi hingegen wurde ganz grün im Gesicht.

Sandra schob mir einen Zettel herüber.

»Ich glaube, dass sie hochgradig depressiv ist.«

Ich schaute ans Ende der Reihe, wo sich Sandra neben einen leeren Platz gesetzt hatte. Ihre großen grünen Augen fügten stumm hinzu: »Glaub mir, ich weiß, wovon ich rede.«

Ich sagte mir, dass ich im Begriff stand, eine Freundin zu gewinnen, ohne es zu wollen, und das störte mich gewaltig. Ich wollte nicht, dass sie anfing, Vertrauen zu mir zu haben. Edson sagt, man könne nicht mit einem Mädchen befreundet sein, entweder verliebt oder gar nichts. »Und ich bin wahrlich kein Macho«, fügt er immer noch hinzu. Macho – das ist er schon ein bisschen, aber ich begriff plötzlich, dass er Recht hatte. Entweder verliebt oder gar nichts. Ich war schon über das ›gar nichts‹ hinaus. Verflixt!

Warum musste ich mich ausgerechnet in ein Mädchen verlieben, das komisch und nicht ganz richtig im Kopf war? Ich schloss die Augen und stellte mir ihr Gesicht vor. »Ich werde dein verfluchter Prinz sein«, murmelte ich im Geist und bemühte mich krampfhaft, selbst daran zu glauben. Als ich die Augen wieder öffnete, schaute sie mich noch immer an. Mit einem Lächeln auf den Lippen wie Mona Lisa. Ich war schon immer der Meinung gewesen, dass Mona Lisa so aussah, als sei sie nicht ganz richtig im Kopf.

Es gibt Momente im Leben, da hat man den Eindruck, das Leben steht still. Eine Lehrerin, die hinter ihrem Pult steht, ohne ein Wort zu sagen, versteinerte Schüler vor ihr, die sich fragen, ob man vielleicht besser den Notarzt rufen sollte – das ist etwas völlig Ungewohntes. Man fragt sich verzweifelt, ob dieser peinliche Augenblick jemals vorübergeht.

Doch irgendwann hatte die Parisi schließlich ein Nachsehen mit uns. Sie setzte sich an ihren Tisch, öffnete das Mathebuch und sagte mit einem kleinen nervösen Lachen: »Gut, Spaß beiseite. Öffnet die Bücher auf Seite 15. Aufgaben Nummer 2, 3 und 7. Ich gebe euch zehn Minuten Zeit und gehe derweil durch die Reihen.«

Wir waren so erleichtert, dass sie nun doch nicht durchdrehte, dass wir brav unsere Bücher aufschlu-

gen und uns eifrig an die Lösung der etwa zehn Gleichungen machten.
Ich mag Rechenaufgaben, ich mochte sie schon immer. Es fasziniert mich, einzelne Zahlen miteinander in Verbindung zu bringen. In der Tat verbringe ich mein Leben hauptsächlich mit Additionen und Subtraktionen. Wie viele Minuten dauert es noch bis zum Ende der Stunde? Wird der Freitag in vierzehn Tagen ein ungerader Tag sein? Wenn ich mich im Supermarkt hinter drei Leuten anstelle, von denen jeder fünf Sachen gekauft hat, werde ich dann schneller an der Kasse sein, als wenn ich mich in die Schlange daneben einreihe (zwei Personen mit sieben und acht Sachen)? Ich lege auch für kurze Wege Sollzeiten fest und messe vor und nach jeder Anstrengung meinen Puls; ich zähle die Treppenstufen und die weißen Striche auf der Straße. Das alles wirkt sich jedoch kein bisschen auf meine Mathenoten aus, weil Mathe ab der vierten Grundschulklasse nichts mehr mit Rechnen zu tun hat. Aber dadurch kann ich das Leben als solches besser abschätzen und die Zeiten kontrollieren. Zum Beispiel wusste ich sofort, dass die Parisi vor Ende der Stunde wohl kaum dazu kommen würde, den Fortgang meiner Arbeit zu kontrollieren, da ich in der Mitte der zweiten Reihe saß. Sie beginnt nämlich stets ganz hinten und benötigt etwa zweieinhalb Minuten pro Schüler. Nun

saßen aber achtzehn Schüler zwischen Fabien Pozzalani, den sie gerade korrigierte, und mir, so dass sie also vierundfünfzig Minuten brauchen würde, bis sie zu meinem Platz kam. Ich konnte also unbesorgt aufhören zu arbeiten.

Doch gerade als ich meine Beine genüsslich unter dem Tisch ausstreckte und mich darauf freute, gleich etwa zehn höchst unnütze Rechenaufgaben zu machen (Anzahl der Streifen auf dem Hemd von Karim Abdelrouaz; wie oft blinzelt Sonia Leverdec pro Minute; in welchem Verhältnis stehen die grünen Haargummis zu den roten am Ende der siebenundzwanzig kleinen Zöpfe, die von Aminata Enzoughebis Kopf abstanden), da kam Madame Laduré-Wétanski, die Schulsekretärin, in unser Klassenzimmer gestürmt.

»Bleibt sitzen«, sagte sie, obwohl kein Mensch Anstalten machte sich zu erheben. »Madame Parisi, darf ich kurz stören? Nur eine Minute, bitte.«

Die Parisi lächelte ihr geistesabwesend zu und gab uns zu verstehen, dass wir zuhören sollten.

»Die Unterlagen von einigen von euch sind noch nicht komplett. Mir reicht es jetzt wirklich, jedem Einzelnen nachlaufen zu müssen. Glaubt nicht, ich hätte nichts Besseres zu tun! Drénot, Gensac, Gerdahoui, Juliot, Martin, Lequercy, N'guyen müssen am Montag endlich ihre Passbilder mitbringen. Aristide, Benchimol, Desruelles, Haddad, Henriquet – ich warte noch immer auf eure Quittungen für die Schulversicherung. Falls ich diese nicht vor Ende der kommenden Woche in der Hand habe, sehe ich mich gezwungen, die Betreffenden vorläufig vom Besuch der Schulkantine auszuschließen. Tut mir Leid, aber so lauten die Vorschriften!«

Nach einem tadelnden Zungenschnalzen und einem kleinen Lächeln in Richtung der Lehrerin ging sie rückwärts wieder aus dem Klassenzimmer, nicht ohne einen weiteren anklagenden und drohenden Blick über die Klasse schweifen zu lassen.

Aus der Kantine ausgeschlossen. *So what?* Ich konnte auch ein Sandwich essen oder überhaupt nichts. Seltsamerweise missfiel mir die Aussicht auf eine partielle Anorexie nicht. Der Hunger würde mich eventuell etwas ablenken, und für die neue Rolle, die ich neuerdings zu spielen gedachte (Quälgeist meines miesen Vaters), könnten sich ein paar Kilo weniger als recht nützlich erweisen. Das Leben war – insgesamt gesehen – gar nicht so übel und Sandra Tournachère im Grunde genommen auch nicht.

Vier

Das Wochenende verbrachte ich vor dem Fernseher. Früher, zu Edsons Zeiten, kannte ich nicht einmal ein Viertel der Hälfte der Programme. Wir brauchten das nicht, Edson und ich. Wir konnten stundenlang durch die Straßen spazieren, Passagen und Hinterhöfe auskundschaften und verlassene Sportplätze ausfindig machen, wo wir Fortunas Tore aufstellen konnten. Wir trödelten einfach nur herum, ohne uns groß um unser schlechtes Gewissen zu scheren, das uns etwas von fälligen Hausaufgaben und Vokabellisten zuflüsterte, die es zu pauken galt. Das Bummeln war sozusagen eine Art Flucht, auf der wir verfolgt wurden von vernachlässigten Schulaufgaben und einer unerträglichen Angst vor dem Zuspätkommen. Wenn wir Geld hatten, gingen wir ins Kino; wenn wir keines hatten, gingen wir trotzdem, und zwar durch die Hintertür, oder aber wir organisierten Turniere unseres Spiels »Gesicht auf den Boden«, sogar auf den Kieswegen von Grünanlagen.

Seitdem er fort ist, mache ich es mir am Wochenende von neun bis zwölf Uhr mittags auf dem Sofa im Wohnzimmer bequem und schaue in alle dreißig verschiedenen Programme, nie länger als fünf Minuten pro Programm. Doch bevor der mentale Brei zu dick wird, ist es zum Glück Zeit zum Essen. Papa kommt aus seinem Zimmer und wartet auf meine Anweisungen; heute Restaurant, heute Sandwich, heute Nudeln mit Butter. Ich foltere ihn.

An jenem Tag schienen sich alle Programme gegen mich verschworen zu haben: eine deutsche Sendung über Krokodile, eine schon tausendmal gesehene Episode einer bescheuerten Serie, ein Zeichentrickfilm für Mädchen, ein Tele-Verkaufskanal, auf dem eine Glückspille für Senioren angepriesen wurde – kurz und gut, eine Zusammenfassung des modernen Lebens, die einem tierische Lust darauf machte, in die nächstbeste Zeitmaschine zu steigen und sich in die Vergangenheit katapultieren zu lassen. Um meiner Existenz wieder einen gewissen Sinn zu verleihen, erfand ich ein neues Spiel: so schnell wie möglich zappen und dabei versuchen, die größtmögliche Anzahl von Werbespots mitzubekommen. Ein schwachsinniges Spiel, ich gebe es zu, aber es hatte den Vorteil, dass zumindest meine Hände beschäftigt waren. Außerdem gestattete es mir, mich meiner liebsten Freizeitbeschäftigung zu widmen, der Statistik: Anzahl der Werbespots für Waschmittel, für Banken, für nichts (zum Beispiel für Äpfel, absolut schwachsinnig), für Autos und so weiter. Einmal landete ich bei einem vertrauten Bild, das meinen zappenden Zeigefinger eine gewisse Zeit lang lähmte.

Ein Gesicht in Großaufnahme, direkt in die Kamera gerichtet. Es war haargenau der Doppelgänger von Kevin, und zwar so sehr, dass er auch seine Mütze verkehrt herum aufhatte – ein Tick, den mein Klassenkamerad allerdings vor sechs Monaten schon aufgegeben hatte. Das Fernsehen läuft dem wahren Leben immer einen Schritt hinterher; außerdem ist es auch sehr viel eintöniger. Glaubt man dem Bildschirm, dann gibt es nur noch zwei Arten von Jugendlichen auf der Welt: zum einen die Schickimickis mit ihrem weißen Kragen und ordentlich hinter die Ohren gekämmten Haaren und zum anderen die Rap-Hip-Hop-Funk-Punker, die reinsten menschlichen Mülltonnen, deren Gemeinsamkeit darin liegt, dass sie der Gesellschaft zu entfliehen versuchen. Kevins Doppelgänger schaut mich jedenfalls an, der Schild seiner Mütze zeigt nach hinten, und plötzlich purzelt er die Treppe hinunter – beide Beine im Gips – paff!, er schaut mich noch immer an, und rums!, wird er von einer Horde seinesgleichen überrannt, die im Dreifachgalopp angerast kommen – blutende Nase, Kopfverband, und wieder sein entsetzter Blick, und ratsch!, da schlitzt ihm ein ungeschicktes Mädchen mit der Spitze ihrer Schere die Wange auf – Naht und dickes Pflaster. Die Kamera schwenkt langsam hinüber zu seinem Krankenhausbett und Kevins Doppelgänger sagt mit einem etwas schiefen Grinsen: »Das

Leben an der Schule ist kein Zuckerschlecken. Ich werde mich jedenfalls dieses Jahr versichern!« Ich erkannte das Logo wieder, das das grüne Formular geziert hatte, das ich in tausend Stücke gerissen hatte. Mir brach der kalte Schweiß aus.
›Ich werde mich jedenfalls dieses Jahr versichern.‹ Tja, leichter gesagt als getan! Wieder spürte ich Schweißtropfen in meinen Achselhöhlen. Werbung für Kaffee, Werbung für Joghurt, Werbung nach dem Motto: Sie-verstehen-schon-was-ich-sagen-will-ich-möchte-nicht-in-der-Haut-der-Schauspielerin-stecken. Ich war wie versteinert, mein Magen drehte sich um, mein Finger über der Ein/Aus-Taste zitterte. ›Das Leben an der Schule ist kein Zuckerschlecken‹. War es ein Zuckerschlecken, wenn man die 120 Francs bezahlt hatte? Was, wenn man sie nicht bezahlte? Offensichtlich war es mit dem Ausschluss aus der Kantine noch nicht getan. Ich sah mich sogleich mit gebrochenen Beinen auf dem Schulhof liegen – jämmerlich heulend und um Hilfe rufend, während die Laduré-Wétanski in meiner Akte nach dem grünen Formular suchte.
Sie beugte sich über mich und sagte: »Desruelles, wo ist deine Quittung? Du glaubst doch nicht etwa, dass ich deine Krankenhauskosten übernehme, oder? Meinetwegen kannst du auf den Ellenbogen nach Hause robben.«

Oder ich passte im Kunstunterricht beim Ausschneiden eines Tonpapiers mit dem Cutter nicht auf und schnitt mir tief ins Handgelenk. Das Blut floss in Strömen, während die Laduré-Wétanski mit meinen Eltern telefonierte, um ihnen zu erklären, dass sie vergessen hatten die Versicherung zu bezahlen. Fünf Liter Blut sind schnell weg! Das entspricht nur dem Inhalt von drei Flaschen Cola, die eine nach der anderen umfallen und auslaufen, und schon wäre mein Leben verwirkt. Vor meinem geistigen Auge sah ich wieder die Bilder von *Menace II Society*: Die Leichen sackten träge zu Boden wie Blätter, die der Wind vom Baum gerissen hatte. Mir tat plötzlich alles weh. Zuweilen ist das Leben nur eine Frage der Zeit.

*

»Fünf Minuten länger und es wäre aus gewesen«, hatte der Feuerwehrkommandeur stolz gesagt, nachdem er Edsons leblosen Körper aus dem Wasser gezogen hatte.
Wir waren mit dem Kajak auf der Durance unterwegs gewesen, damals, in den glücklichen Tagen, zur Zeit der Ferien mit der Familie, der Sonnenbrände und der vielen, vielen Picknicke. Edson wollte vor uns losfahren. Er hüpfte in sein Kanu und winkte uns zum Abschied zu. Als Mama nach der Mittags-

pause unsere überall verstreuten Sachen wieder einsammelte, war sie über seine Schwimmweste gestolpert. Vor Angst war sie ganz grün im Gesicht geworden und ihre Augen weiteten sich vor Schreck. Wie zwei winzige Fernsehgeräte erzählten sie von Edsons Untergang. Hinter einem Wäldchen machte der Fluss eine scharfe Biegung, man konnte nichts sehen. Ihre Panik griff auch auf mich über, aber ich hatte keine Zeit zu begreifen. Wir rannten los und stiegen über den Sockel einer Bogenbrücke. Mama hielt mich an ihren Bauch gedrückt (ich war damals noch klein) und ihre Hände krallten sich in meine Schultern. Über ihre Arme hinweg, die mich mit eisernem Griff umklammert hielten, erspähte ich weiter unten das umgekippte Kanu, das mir wie ein offenes, orangefarbenes Auge in einem schwarzen Wasserstrudel vorkam. Papa schien sich in Luft aufgelöst zu haben. Dann landete der Hubschrauber. Seine Rotorblätter zerzausten meine Haare. Mindestens tausendmal hatte ich das Wort Gott gestammelt. Edsons Körper war an einem Felsen hängen geblieben. »Ein Wunder«, hatte der Chef der Rettungsmannschaft gesagt. »Wie viele Finger habe ich? Wie heißt du?« – »Edson, mein Schatz, hörst du mich, ich bin's, Mama.« Seine blauen Lippen erbrachen literweise Wasser, er hustete und schließlich kam ein erstickter Schrei aus seinem Mund, so ähnlich wie das Quieken eines Neugeborenen. Sobald Edson die Augen aufschlug und ich mich von meiner Angst erholt hatte, hasste ich ihn dafür, dass er uns die Ferien verdorben hatte.

*

»Du wirst noch ganz verblöden«, sagte Papa und schaltete den Fernseher aus. »Hast du nichts Besseres zu tun, als den ganzen Tag vor der Glotze herumzuhängen und dir diesen Quatsch anzuschauen?«

Ich gab keine Antwort.

»Louis, schau mich bitte an, wenn ich mit dir rede!«

Ich schaute ihn an und spürte, dass er diesen Befehl sofort bereute. Mein Vater sieht sehr jung aus. Er ist groß, sehr schlank und hat dunkle Augen und eine kurze Stoppelfrisur. Bevor er Zahnarzt wurde, war er Volleyballspieler – wie Edson. Seine langen, geschickten Hände erzählen noch heute von jenen Jahren; damals war er wie ich, wie mein Bruder, ein junger Dummkopf, der tat, was er wollte. Weil wir zu früh geboren wurden, konnte er das Leben nicht weiter genießen. Aber er hatte vergessen älter zu werden. Wir haben ihn in der Jugend festgehalten.

Wir betrachteten uns wie durch einen imaginären Spiegel und sahen das unscharfe Spiegelbild des anderen. Ich wollte ihm gern ähnlich sein und gleichzeitig hätte ich ihn gern vergessen. Im Gegensatz zu ihm hatte ich vor, im Leben wirklich nur das zu tun, worauf ich Lust hatte. Ich würde nicht alles aufgeben, um irgendein langweiliges Studium durchzuziehen; ich würde nicht auf eine Frau hereinfallen, die nach Sicherheit streben und von mir verlangen würde, endlich erwachsen zu werden. Kinder wollte ich auch keine – oder höchstens im hohen Alter – mit einer Dreiundzwanzigjährigen, die nur auf mein Geld aus wäre.

»Gehe ich dir auf die Nerven?«

Papa schüttelte den Kopf, die Lider halb geschlossen.

»Unsinn! Was redest du da?«

»Ich weiß, dass ich dir ein Klotz am Bein bin. War ich schon immer.«

»Das ist wirklich Unsinn!«, wiederholte Papa lächelnd.

Danke, Papa, dachte ich. Danke, dass du das Spiel nicht mitspielst und uns damit die Peinlichkeit einer offenen Aussprache ersparst. Ich wünschte, ich wäre schon größer, um dir nicht länger eine Last zu sein.

»Gehen wir was essen?«, fragte er unvermittelt.

»Wenn du möchtest«, antwortete ich großzügig.

Wir gingen hinunter, die Hände in den Taschen unserer Jacken vergraben. Der Wind fuhr uns in die Haare und die Sonne ließ uns blinzeln.

»Als ich klein war, war immer schönes Wetter.«
»Ja, ich erinnere mich.«
»Warum war es da deiner Meinung nach immer schön?«
»Weil du noch klein warst«, antwortete mein Vater philosophisch.
»Du sagst es«, stimmte ich ironisch zu.
Er legte mir einen Arm um die Schultern und drückte mich an sich. Es war mir nicht unangenehm. Wir gingen einige Schritte so weiter. Doch dann schob sich eine Wolke vor die Sonne und die Straße sah plötzlich traurig aus. Ich spürte einen Kloß im Hals und machte mich von ihm los.
Im Restaurant hatten wir uns zuerst nichts zu sagen.
»Ich muss mit dir reden«, sagte Papa, nachdem er die Bestellung aufgegeben hatte.
Ich wusste, dass wir deshalb schwiegen, weil er mir etwas zu sagen hatte, etwas Wichtiges, das alles andere nebensächlich machen würde.
»Ich auch«, sagte ich.
»Ich weiß, dass es nicht leicht ist für dich«, fuhr er fort, während er die Gabel um seinen Daumen kreisen ließ.
»Ich komme schon klar.«
»Ich weiß nicht, wie ich es dir erklären kann. Ich weiß nicht einmal, was ich dir erklären kann.«

»Dann lass es.«
»Wie meinst du das?«
»Ich hab keine Lust, dass du mir etwas erklärst. Ich bin nicht blöd. Ich verstehe schon.«
»Da bin ich mir nicht so sicher.«
»Weißt du, eigentlich ist alles nur eine Frage des Geldes.«
Mein Vater schaute verdutzt drein.
»Bei Problemen geht es immer um Geld«, erklärte ich geduldig, damit er endlich begriff. »Geld kann man nicht erklären, nur zählen. Aber glaub mir, dass ich diesbezüglich null Probleme habe. Ich kann rechnen.«
»Was redest du da, Louis?«
Die Bedienung rettete mich, indem sie zwei chinesische Salate mit Putenstreifen vor uns auf den Tisch stellte.
Ich gab es auf. Ich war drauf und dran gewesen, ihm zu erzählen, was ich mit dem Geld für die Versicherung gemacht hatte. Ich hatte versucht, das Gespräch in eine mir genehme Richtung zu lenken, aber das war nicht möglich gewesen. Er war noch nicht so weit, die Kontrolle mir zu überlassen. Also gab ich auf und aß schweigend, während er mir von Vera erzählte, von sich, von meiner Mutter, von sich und Vera, von meiner Mutter und sich. Ich beschränkte mich darauf, abwechselnd zu nicken und mit der

Schulter zu zucken. Irgendwie tat er mir zwar Leid, aber mit seinen Geschichten hatte ich nun wirklich nichts am Hut. Ich Ärmster hatte ihm ja auch nichts von meinen erzählen können.

Während wir auf den Nachtisch warteten, nutzte ich einen Moment des Schweigens, um mein Glück erneut zu versuchen. Nicht sehr clever, ich gebe es ja zu.

»Nehmen wir mal an ... nun ja, gut, stell dir vor, du hast eine Dummheit gemacht. Keine große Dummheit, nur eine mittlere. Und das Problem ist, dass du nicht in der Lage bist, es wieder gutzumachen. Nicht, dass du es nicht wolltest, verstehst du? Das heißt nur, dass du eben nicht dazu in der Lage bist.«

Papa schaute mich mit zusammengekniffenen Lippen an. Ich sah, dass er sich dem Angriff stellte und sich für einen Gegenschlag wappnete. Ich gab erneut auf und schwieg.

»Los, mein Sohn, nicht aufgeben, sprich weiter! Sag mir, was du auf dem Herzen hast. Schließlich bin ich dafür da, dass du dich mit mir auseinander setzt.«

Er schien etwas verärgert.

Ich schüttelte den Kopf und steckte die Nase in meine Litschis. Der Kellner und ich, wir waren eindeutig gut aufeinander eingespielt. Ich fragte mich, ob Papa und ich eines Tages einen Ausweg aus dieser

Trostlosigkeit finden würden. Ich fragte mich, ob Papa jetzt wirklich glücklicher war, ob er sehr in Vera verliebt war und mit meiner Mutter wirklich nichts mehr am Hut hatte. Das war wie eine gigantische Gleichung mit mehreren Unbekannten. Während ich die glänzenden, weißen Früchte in Sirup schlürfte, bemühte ich mich, sie im Stillen aufzustellen. Henri (mein Vater) hat eine Frau und zwei Kinder. Henri beschließt plötzlich, ein anderes Leben zu führen. Er findet eine neue Frau. Nur, dass er noch immer die alte Frau hat (auch wenn es nicht mehr seine ist, so existiert sie doch weiter) und zwei Kinder. Sein altes Leben gehört ihm nicht mehr – wegen des neuen – und sein neues Leben wird von der drückenden Last des alten erstickt. Das war absurd, unlösbar und konnte einen zur Verzweiflung bringen. Keine Arithmetik der Welt konnte mir helfen, diese Geschichte zu lösen, vielleicht sollte ich es mal mit Mengenlehre versuchen. Keine Chance, ich war eine Null in dieser Technik des Einkreisens.

Als wir heimgingen, nieselte es.

»Es ist nicht gerade warm«, sagte Papa.

»Cooles Gespräch«, dachte ich im Stillen.

Für gewöhnlich bin ich kein Ass, wenn es darum geht, Entscheidungen zu treffen. Ich habe keine Ahnung, wie das geht. Wenn ich mich manchmal frage, worauf ich Lust habe, fällt mir meist keine Antwort ein. In meinem Kopf herrscht eine Art Nebel, ein Durcheinander von Wünschen, die meine innere Sprechende Grille (ihr kennt sie ja aus Pinocchio!) ständig mit dem Stempel »unmöglich für dich, mein Junge« versieht. Und wenn es darum geht zu wissen, was ich tun *muss*, wird es noch schlimmer; die Hälfte der Zeit spiele ich ENE-MENE-MU mit mir. Ich weiß, was ihr jetzt denkt. Ihr denkt, dass ich der typische kleine Bruder und ohne Edson völlig hilflos bin. Das stimmt und stimmt auch wieder nicht. Manchmal habe ich den Eindruck, den Sinn meines Lebens zu ahnen (in Gedanken natürlich), doch sobald sich dieses Gefühl einstellt, ist es, als explodiere eine Bombe in meinem Kopf; ich fange an über die Welt nachzudenken und schwupp! – weiß ich nicht einmal mehr, wie ich heiße.

Mit einem herablassenden Blick ging ich am Fernseher vorbei und verzog mich in mein Zimmer. Okay, ein kleiner Schritt für die Menschheit, aber ein großer Schritt für einen Menschen. Ich nahm ein Blatt aus der Schublade meines Schreibtisches und konzentrierte mich auf die Kalkulation meiner eigenen Existenz, wobei ich endgültig darauf verzichtete, die elterlichen Mengenlehreblasen zu analysieren.

120 Francs schrieb ich oben auf das Blatt.

Wie kommt man an 120 Francs? notierte ich darunter.

Lösung Nr. 1: Diebstahl.

Meine Sprechende Grille mischte sich ein: »Unmöglich für dich, mein Junge.«

Lösung Nr. 2: Kredit.

Die Sprechende Grille wies mich darauf hin, dass das mein Problem nur hinausschieben würde, da ich den Kredit ja eines Tages zurückzahlen musste.

Lösung Nr. 3: Arbeit.

Mein Grillchen blieb stumm.

Welche Art von Arbeit?

1. Babysitten.

Windeln wechseln – igitt. Ein Kind trösten, das plärrt, weil seine Eltern ausgegangen sind – kommt nicht in Frage, ich würde mitheulen.

2. Nachhilfestunden.

Warum nicht? Den Stoff der Grundschule beherrschte ich einigermaßen. Bei sechzig Francs pro Stunde wäre ich in zwei Wochen aus dem Schlamassel heraus. Super! Die Tore zum Paradies öffneten sich vor mir, ohne zu quietschen.

Ich umrandete *120 Francs, Nachhilfestunden* und schrieb die Gleichung: $60+60=120$ auf.

Nach dieser Glanzleistung völlig erschöpft, streckte ich mich zufrieden auf meinem Bett aus. Kaum hatte ich die Augen geschlossen, sank ich auch schon in einen Tiefschlaf.

Manche Leute haben sehr interessante Träume. In

der vierten Klasse hatte ich eine Freundin, Amelia Marquez, die wirklich irre Sachen träumte. Sie kam zum Beispiel montagmorgens an und erzählte mir, dass sie in der Nacht von Samstag auf Sonntag geträumt hatte, sie habe eine Reise auf einem fliegenden Teppich gemacht; einfach so, im Schneidersitz auf ihrem Teppich, eine Weltreise. Ich glaubte ihr immer, denn sie erzählte sehr exakte Einzelheiten, zum Beispiel von dem Minarett der Moschee in Istanbul. So etwas erfindet man nicht, wenn man erst in der vierten Klasse ist. Mit acht, neun Jahren hatte sie hauptsächlich phantastische Träume. Heute glaube ich, dass es daher kam, dass sie so viele Zeichentrickfilme im Fernsehen sah und sozusagen die Fortsetzungen träumte. Damit will ich ihr Verdienst keineswegs schmälern. Bei mir hingegen laufen alle Nächte gleich ab, ob ich vor dem Schlafengehen nun *Schneewittchen* oder *Psycho* anschaue. Ich bewunderte sie also aufrichtig. Aber in der Fünften änderten sich die Dinge. Zunächst einmal verliebte ich mich in Veronique Frachet und hatte folglich weniger Zeit für Amelia. Dann passierte etwas Seltsames, fast als hätte Amelia eine Gehirnwäsche durchgemacht. Die fliegenden Teppiche, die vergoldeten Moscheen, die Klatschmohnfelder, die stürmischen Ozeane, die Milchstraße, der Regenwald im Amazonasgebiet – das alles gehörte mit einem Mal der Vergangenheit an. Als Amelia Marquez zehn Jahre alt war, träumte sie mit einem Mal nur noch von ihren Eltern. An Tagen, an denen meine neue Freundin Veronique Frachet krank war, oder in den seltenen Fällen, in denen diese dumme Kuh Antoine Kergoustain den Vorzug gab, hängte sich Amelia Marquez in der Pause an mich und erzählte mir unter einem Kastanienbaum ihre Träume. »... Also, meine Mutter stand auf, aber ohne dass ihre Füße den Boden berührt hätten. Dann ging sie zum Geschirrschrank, öffnete ihn und darin lagen mein Kopf und der unseres Hundes auf einem Teller.« Ein- oder zweimal hätte ich mich fast in sie verliebt; als sie sich unter dem Kastanienbaum an mich drückte, spürte ich ihre kleine warme Hand direkt bei meiner, doch der Gedanke an ihr neues Gehirn flößte mir Angst ein. Heute weiß ich, dass sie lediglich einen gewissen Vorsprung vor mir hatte und mir voraus war; und es tut mir natürlich schrecklich Leid. Ihre Eltern lebten wohl schon in Scheidung. Ich habe keine Träume dieser Art, aber heute, vier Jahre später, kann ich mir nur zu gut vorstellen, wie solche seltsamen Bilder einem zu schaffen machen können. Mir wäre es sogar lieber, sie würden mich auch des Nachts verfolgen. Dann könnte ich vielleicht tagsüber an etwas anderes denken, aber in dem Punkt habe ich wenig Hoffnung. Immer wenn ich die Augen zumache, legt sich ein schwerer weißer Vorhang über mein

Bewusstsein. Nichts geschieht. Es ist, als wäre ich tot.

Und schließlich wache ich irgendwann wieder auf.

Als ich an diesem Tag wieder aufwachte und vorsichtig blinzelte, stellte ich fest, dass es bereits dunkel wurde, was mich echt frustrierte. Zu anderen Zeiten hätte ich mich einfach unter meiner Zudecke vergraben, um der düsteren Poesie am Ende des Tages zu entgehen. Vielleicht hätte ich das Licht angemacht und ein Comic Heft gelesen, bis sich mein Geist in den Sprechblasen der einzelnen Figuren aufgelöst hätte. Normalerweise verzichte ich gern auf die ruhigen Augenblicke in der stillen Dämmerung; ich bin davon überzeugt, dass ruhige Momente dieser Art wie geschaffen sind für gewaltsame Todesfälle.

Seltsamerweise verspürte ich keines der üblichen Symptome, die heftigen Angstanfällen vorausgehen. Ich erhob mich vom Bett und setzte mich an den Schreibtisch. Im gelben Lichtkreis der Klemmlampe tauchten die umrandeten Worte und Ziffern auf, und plötzlich war mir, als könne ich aus den Handlinien lesen. Die ganze Welt reduzierte sich auf die drei oder vier Furchen, die meine Handfläche durchzogen. Ich musste nur den Gleisen folgen. Ich betrat plötzlich eine Geometrie der Ebene, die so viel einfacher war als das sechsdimensionale wirre Durcheinander mit vier Unbekannten und drei Millionen

Parametern, die mein Gehirn ausgefüllt hatten, dass mir vor Glück fast schwindelig wurde. Ein neues Ich richtete sich auf, zuversichtlich und ruhig, entschlossen und selbstsicher. Mit der Schere, die ich sehr behutsam einsetzte – es wäre wirklich nicht der richtige Moment gewesen, mir aus Unachtsamkeit die Adern aufzuschneiden –, schnitt ich ein Viertel eines Blattes aus und schrieb darauf:
Achtklässler, zuverlässig, guter Schüler, gibt Nachhilfeunterricht für Grundschüler. Alle Fächer. 60 Francs pro Stunde. Frei jeden Nachmittag von 17.00 bis 19.30 Uhr. Telefon: 01 48 05 18 29.

Ich ging zu Papa, der in seinem Zimmer las, und sagte ihm, dass ich noch ein Weilchen an die frische Luft gehen wolle.
»Soll ich ein Brot mitbringen?«
Er drückte mir eine Fünf-Francs-Münze in die Hand.
»Keine Sorge«, sagte ich, »du kriegst das Wechselgeld wieder.«
»Mach kein Theater wegen der achtzig Centimes.«
»Aber ich lege Wert darauf«, sagte ich in festem Ton.
Ich sah, dass ihm diese Bemerkung wehtat, aber ich blieb hart. Das war ein Teil unseres neuen Arrangements: Je mehr ich ihn leiden ließ, desto weniger litt

er in Wirklichkeit. Einen Moment lang hatte ich Mitleid mit ihm. Fast hätte ich ihm geraten ein Blatt Papier zu nehmen und all seine Probleme aufzuschreiben und die Lösungen, die ihm in den Sinn kämen, gleich daneben. Aber das hatte er bestimmt schon versucht. Mein Vater ist kein Dummkopf, was immer seine Ex-Frau auch behaupten mag.

Ich nahm den Bus bis zur Wohnung meiner Mutter. Es hätte nichts gebracht, meine Annonce in einem Geschäft in der Nähe von Papas Wohnung aufzuhängen, da ich ja eine Arbeit in der Nähe meiner Schule suchte.

»Guten Tag, Madame«, sagte ich, als ich die Bäckerei betrat, in der in der Dunkelheit alles golden glänzte.

»Guten Tag, mein Junge«, antwortete die Bäckersfrau, die mich allmählich kannte.

»Ich hätte gern ein nicht zu dunkel gebackenes Baguette.« Nachdem ich bezahlt hatte, fragte ich sie, ob ich eine Annonce an ihre Reklametafel hängen dürfe. Wirklich genial von mir, dass ich daran gedacht hatte, ein Brot zu kaufen; einem Kunden konnte sie den Gefallen ja wohl kaum abschlagen. Während sie mich fragte, was für eine Arbeit ich denn suche, und mir versicherte, dass sie mich ihren Kunden empfehlen würde, betrat ein Mädchen mit dunkelroten Turnschuhen das Geschäft. Zuerst sah ich nur ihre

Schuhe, denn als sie zur Tür hereinkam, war ich gerade dabei, meine Tasche nach meinem Zettel und dem Tesafilm zu durchsuchen. Oberhalb der zinnoberroten Turnschuhe sah ich Jeans, dann eine marineblaue Wolljacke mit Kapuze und darüber – plötzlich genau vor mir – ein dreieckiges Gesicht mit matter Haut, zwei dunklen Mandelaugen und ganz oben zu einem Knoten geflochtenen Haaren, die wie ein Windbeutel aus Schokolade auf ihrem Kopf thronten. Das Mädchen sah mich an ohne mit der Wimper zu zucken. Ich hatte den Eindruck, sie schon irgendwo gesehen zu haben, aber ich hätte es nicht schwören können. Ich wandte mich schnell ab, um nicht in Verlegenheit zu geraten und vor allem um nicht loszulachen, denn mir war schlagartig wieder eingefallen, wo ich das Gesicht schon einmal gesehen hatte. Es war Pocahontas wie sie leibt und lebt, das von Walt Disney erfundene Indianermädchen. Mit einer ernsten und leicht zögernden Stimme, die mich erschaudern ließ, verlangte sie ein Vollkornbrot. Ich hängte meinen Zettel auf, während ich mich davon zu überzeugen versuchte, dass mir im Moment wirklich nicht nach einer Liebesgeschichte zumute war. Mein neues Ich, zuversichtlich und ruhig, entschlossen und selbstsicher, half mir dabei. Adieu Pocahontas, ich bin auf dem Weg Amerika zu entdecken; *good bye Baby, I am a business man, and time is money.*

Fünf

Euch ist vielleicht auch schon aufgefallen, dass auf Momente großer Aufregung oftmals lange Perioden von Lethargie, Langeweile und Weltschmerz folgen. Es ist fast wie eine Art Enttäuschung darüber, dass die Welt nicht im Gleichtakt zum eigenen Enthusiasmus pulsiert. Man ist gespannt wie ein Flitzebogen und die leiseste negative Schwingung überträgt sich von einem Ende der hochempfindlichen Saite zur anderen. Der Sonntag war genau die Art von Tag, die man am liebsten aus dem Kalender streichen würde, ein gutes Dutzend Stunden, in denen man fast bedauert, dass man keine Amöbe ist. Ich rief mindestens fünfmal bei Mama an, in der festen Überzeugung, dass sich die Kunden der Bäckerei um meine Telefonnummer reißen würden. Aber kein Mensch hatte für mich angerufen, und meine Eltern waren es langsam leid, dass ich ihre jeweiligen Leitungen für nichts und wieder nichts blockierte. Es sah nach einem Gewitter aus, und beim Anblick der dick eingemummten Menschen, die fröstelnd über die Gehwege hasteten, fragte ich mich, ob sich etwa der Winter schon eingestellt hatte, ohne dass der Herbst vorbeigeschaut hätte.

In der Schule kristallisierte sich am Montag unweigerlich der barbarische Rhythmus der Unterrichtsstunden und der abzugebenden Aufgaben heraus. Es war Schluss mit dem Schreiben von Listen für Lernmittel und mit der gemächlichen Anlaufzeit am Beginn des neuen Schuljahrs. Wie ein Rudel Radfahrer, die die Straßen der Schulzeit in Rekordzeit durchfahren, hielten wir alle den Kopf dicht über die Lenkstange gebeugt. Nach zwei Stunden Mathe hatte ich einen Krampf im Handgelenk, nach der Grammatikstunde konnte ich eine Partizipialkonstruktion nicht mehr von einem Relativsatz unterscheiden. Die Tage ähnelten kleinen Papierkügelchen – zusammengeknüllt, zerknittert und inhaltslos. Als ich die Treppe hinunterstürmte, um nicht zu spät in den Biosaal zu kommen, rutschte ich auf der letzten Stufe aus und hätte mir um ein Haar den Knöchel verstaucht. Der plötzliche Schmerz und ein kalter Schweißausbruch ließen meine Alpträume vom Sterben aufgrund der fehlenden Versicherung wieder wach werden. Ich musste wirklich besser auf mich aufpassen! Ich war nicht versichert. Beim geringsten Unfall wäre ich auf Gedeih und Verderb ausgeliefert, das ideale Opfer einer absurden Schicksalsmacht. Da ich die Entschlossenheit meines neuen Ichs nicht ganz verloren hatte, nahm ich mir vor, mich ab sofort extrem in Acht zu nehmen. Ehe ich nicht die 120 Francs für die Versicherung in den Händen hatte, musste ich höllisch aufpassen und auf Nummer Sicher gehen. Ich durfte keinerlei Risiko eingehen, musste stets an den Wänden entlanggehen, mich am Geländer festhalten, jede Bewegung genau kalkulieren. In den kleinen Pausen zwischen den Unterrichtsstunden wurde es noch komplizierter.

»Mensch, Scheiße, köpf den Ball, Louis! Was machst du denn da?«

Doch da waren meine schreckliche Angst, ein Loch in den Kopf zu bekommen, die Visionen von Kevins Doppelgänger, der mit seinem Kopfverband auf dem kleinen Bildschirm eingeschlossen war. Torchance verpasst!

»Warum hast du dir den Ball abnehmen lassen? Spielst du gegen deine Mannschaft, oder was?«

Ich war über fünf Meter gedribbelt, und als ich spürte, dass Sebastian von hinten in mich hineingrätschen wollte, gab ich den Ball kampflos ab. Ich hätte einen Schienbeinbruch riskiert, und auch wenn das nicht unbedingt tödlich ist, so hatte ich doch Angst, sie würden mich auf dem Spielfeld verschimmeln lassen, bis die Sache mit der Versicherung geregelt wäre.

Schließlich ging ich ins Tor, in den Schutz eines imaginären Käfigs. Ich hatte gedacht, diese Position wäre weniger gefährlich als die anderen, aber als ich sah, wie Fabien sich seinen Strafstoß zurechtlegte, warf ich mich vorsichtshalber zu Boden. Der Ball zischte über meine Schulterblätter hinweg. Nach dem Windstoß zu urteilen, der über mich hinwegpfiff, hatte ich mit Sicherheit die richtige Entscheidung getroffen; einen solchen Schuss mit den Armen abzufangen hätte eventuell ausgereicht, um mir die Rippen oder ein Handgelenk zu brechen.

Die Bilder von Kevins Doppelgänger wurden überlagert von anderen, die Athleten zeigten, die sich bei den Olympischen Spielen verletzt hatten: Muskelzerrung, Bänderriss, doppelte Verstauchung, zerquetschter Meniskus. Nein, ich konnte es mir schlicht und einfach nicht mehr leisten, Sport zu treiben!

Aber wie konnte ich das den anderen klarmachen? Ich beschloss Schiedsrichter zu sein. Kevin und Djamel machten sich lustig über mich, aber ich blieb hart.

»Sind wir nun Profis oder nicht?«, fragte ich sie herausfordernd. »Habt ihr schon mal ein internationales Match ohne Schiedsrichter gesehen?«

Dieses Argument war unschlagbar. Sie mussten klein beigeben. Als wir noch ohne Schiedsrichter gespielt hatten, wurden Meinungsverschiedenheiten zwischen zwei Spielern einfach außerhalb des Spielfelds geklärt. Das artete häufig in eine Prügelei aus, der das Pausenläuten jedoch meist ein abruptes Ende bereitete. Dieses System hatte zwar gewisse Nachteile (Veilchen um die Augen, blutende Nasen ... usw.), aber auch Vorteile: Während der Streit mit den Fäusten ausgetragen wurde, konnten die anderen weiterspielen.

Mit einem Schiedsrichter war das anders. Die Entscheidung ruhte ganz und gar auf seinen zarten Schultern und somit, im vorliegenden Fall, auf den meinen. Ich verstand mit einem Mal den Leidensweg von Joel Quiniou und auch den von M. Foote, dem Schiedsrichter im Spiel Bulgarien–Frankreich 1977, der sich von dem Fernsehreporter sogar als ›Mistkerl‹ beschimpfen lassen musste. Sobald ich das Spiel unterbrach oder wenn ich einen Freistoß pfiff, kam auch schon eine Abordnung der benachteiligten Mannschaft mit erhobenen Fäusten und drohenden Blicken zu mir getrabt – bereit, mich in Grund und Boden zu prügeln. Nach nur siebenminütigen, quälenden Angstattacken sah ich mich gezwungen mein neues Amt wieder an den Nagel zu hängen.

»Na, du Weichling, hast du keine Angst, deine hübschen kleinen Mädchenfinger überzustrapazieren?«, zischte mir Djamel während des Mathetests zu. »Weißt du, wenn du deinen Füller zu fest umklammerst, bekommst du möglicherweise hässliche Blasen, mein Zuckerhäschen.«

Innerhalb von zwei Tagen war ich in einer bestimmten Schublade gelandet. Schluss mit meiner Karriere als Fußballer, aus mein guter Ruf als Dribbler, im Eimer mein Stolz als Mittelstürmer. Meine Sportsfreunde hatten nicht versucht herauszufinden, was mit mir los war, sondern mich nach allen Regeln der Kunst fertig gemacht, und als ihnen schließlich der Sarkasmus ausging, taten sie einfach so, als wäre ich Luft. Gleich nach dem Pausenläuten standen sie geschlossen auf und stürmten auf den Hof, ohne mich auch nur eines Blickes zu würdigen. Wenn im Sportunterricht im Freien der Moment kam, wo die Kapitäne ihre Mannschaften zum Hand- oder Basketball zusammenstellten, blieb ich als Letzter übrig, zusammen mit Julien Parisi, dem Typ, der immer zittert. Während ich dann in die Betrachtung meiner Sportschuhe vertieft dastand, sagte ich mir immer wieder, dass es nur eine Frage der Zeit war, bis ich den Gegenfeldzug antreten konnte; sobald ich die 120 Francs in Händen hatte, würde ich es ihnen zeigen; dann konnte ich wieder aufs Ganze gehen und mich als Stuntman des Gymnasiums, als Schrecken der Schulkorridore aufspielen.

Leider hatte ich auf meine Annonce hin noch immer keinen Anruf bekommen. Mama wunderte sich schon, warum ich plötzlich so erpicht darauf war, abends Brot kaufen zu gehen.

»Keine Sorge, mein Junge, das braucht seine Zeit«, sagte die Bäckersfrau, um mich zu trösten. »Sagen Sie mal, Madame Nadeau, bräuchten Sie nicht jemanden, der Anne-Charlotte bei den Hausaufgaben hilft? Louis ist wirklich ein tüchtiger Junge.«

Madame Nadeau brach in ein gezwungenes Lachen aus und entblößte dabei ihre mit Lippenstift verschmierten Zähne.

»Anne-Charlotte ist Klassenbeste, Madame Pétillon. Nein, wirklich, vielen Dank.«

Wieder nichts! Aber ich sagte mir, dass ich die Hoffnung noch nicht aufgeben durfte. Zumindest wusste ich jetzt, dass die Bäckersfrau Madame Pétillon hieß, ein unnützes Detail, aber man kann nie wissen …

*

»Dein Bruder hat angerufen«, sagte Mama, als ich ihr das nicht zu dunkel gebackene Baguette überreichte.

»Und, was hat er gesagt?«

»Er kommt an Allerheiligen nach Hause«, sagte sie mit düsterer Stimme.

»Na, sag mal, das scheint dich ja unheimlich zu freuen.«

»Oh, bitte, Louis, verschone mich! Mir hängen deine dämlichen Bemerkungen allmählich zum Hals heraus.«

»Das hab ich nur so dahingesagt. Andererseits haben wir ihn ja erst drei Monate nicht mehr gesehen, und dann noch ein hungriges Maul stopfen müssen – in der heutigen Zeit ...«

Mama warf mir das Geschirrtuch, mit dem sie gerade eine Kuchenplatte abtrocknete, voll ins Gesicht. Die Form fiel mit einem lauten metallenen Klirren zu Boden. Mama ließ sich auf einen Stuhl fallen und begann zu schluchzen.

»Ich habe die Nase voll«, sagte sie mit einer vom Weinen verzerrten Stimme. »Ich habe die Nase voll von allem, von dir, von deinem Vater, von Edson. Ich habe die Nase voll von den Männern. Warum gibt es in dieser Familie nicht ein einziges weibliches Wesen? Ihr seid alle so gefühllos!«

»Was ist mit Oma Arlette?«, fragte ich kleinlaut.

»Ein schöner Trost«, gab Mama mit einem schiefen Lächeln zurück.

Oma Arlette ist die Adoptivmutter meines Vaters. Sie ist dreiundachtzig und interessiert sich ausschließlich für Politik. »Wen wirst du wählen?«, fragt sie mich jedes Mal, wenn ich zu Besuch komme.

»Ich weiß nicht, Oma, und du?«

»Ah, ich zögere noch, ich zögere. Sie sind alle gut. Das ist das Problem.«

»Oma«, unterbricht dann meine Mutter. »Darf ich dich daran erinnern, dass die nächsten Wahlen erst in fünf Jahren stattfinden? Du kannst nur auf vorgezogene Parlamentswahlen hoffen.«

Doch das kann Oma nicht aus der Fassung bringen.

»Besser, man ist vorbereitet, meine kleine Marguerite. Und ich, tja, ich zögere noch, ich zögere.«

Mama mag Oma Arlette nicht allzu sehr, wahrscheinlich weil sie sie »meine kleine Marguerite« nennt.

»Margarita, das ist doch wirklich nicht so kompliziert«, sagt Mama jedes Mal, wenn wir das Haus ihrer Schwiegermutter verlassen. »Ist sie rassistisch, oder was?«

»Oder was«, antwortet mein Vater dann lachend.

Aber neuerdings gehen wir ohnehin nicht mehr zu ihr.

Ich setzte mich, faltete das Trockentuch zusammen und wartete ab, was als Nächstes kommen würde. Mama schweigt nie lange, sie redet für ihr Leben gern.

»Eigentlich wollte ich dich nicht in die Sache hineinziehen, aber ich kann nicht mehr. Die Sekretärin deiner Schule hat geschrieben.«

Mir blieb fast das Herz stehen.

»Es ist nicht zu fassen, aber dein Vater hat die Versicherung nicht bezahlt. Stell dir das vor! Der Dreckskerl! Aber es kommt natürlich nicht in Frage, dass ich der Laduré-Dingsbums von unseren Problemen erzähle. Ich weiß absolut nicht, wie ich jetzt reagieren soll …«

Am liebsten hätte ich mich übergeben, aber ich war wie gelähmt.

»Und zu alledem ruft dann noch dein Bruder an, um mir zu sagen, dass er zu Allerheiligen nach Hause kommt statt an Weihnachten, weil er beschlossen hat, Neujahr in Moskau zu verbringen.«

Sie begann wieder zu schluchzen, ich zu atmen, und dabei überlegte ich fieberhaft. Es gab keine tausend Möglichkeiten. Entweder ich sagte ihr die Wahrheit oder ich erfand irgendetwas. Selbst bei meiner neuen Folterpolitik konnte ich es mir nicht erlauben, die Angelegenheit auf meinen Vater abzuwälzen. Ich wollte nicht, dass meine Eltern anfingen sich zu hassen; es war schon schlimm genug, dass sie sich nicht mehr liebten.

»Herrje, das hab ich ganz vergessen!«, rief ich plötzlich.

Mama hob verdutzt den Kopf.

Ich lachte, und zwar genauso unecht wie das unechte Publikum in den Fernsehserien.

»Zu dumm! Nun ja …, nur gut, dass du es erwähnt hast, sonst …, ha ha ha! Er hat mir einen Scheck gegeben, und ich Dummkopf habe vergessen ihn abzugeben.«

Mama wusste nicht, ob sie lachen oder weinen sollte.
»Stell dir das vor! Nein, so etwas Dummes!«
Ich verdrehte die Augen, zuckte mit den Schultern und nickte beschwichtigend – kurz und gut, ich bot alles auf, was an Gestik und Mimik möglich war.
»Gut, dann gib mir den Scheck, ich werde ihn sofort zur Post bringen.«
Kann man mit dreizehn Jahren einen Herzinfarkt bekommen? Genau diese Frage stellte ich mir, als ich diese Worte hörte. Falls es euch interessiert: Die Antwort lautet ›nein‹ (zumindest in meinem Fall).
»Die Post streikt heute«, sagte ich hastig. »Und außerdem, wenn ich ihn morgen früh mitnehme, geht es schneller ...«
Mama sah mich ungläubig an.
Genau in diesem Moment läutete es an der Tür und ich schwor mir, die Person, die sich da hinter der Tür befand, bis ans Ende meiner Tage zu lieben.
»Guten Abend, Louis, ist deine Mutter da?«
Erleichtert war ich aufgesprungen um zu öffnen und sah mich Zaccharie Piropolidès gegenüber, dem Mann, der im Stockwerk über uns wohnt. Er ist Psychoanalytiker und das sieht man ihm auch an. Er redet immer mit einer unheimlich sanften Stimme und schaut einem dabei tief in die Augen, als wolle er sagen ›ja, ich verstehe, ja‹.

»Moment bitte«, antwortete ich und ließ ihn auf dem Treppenabsatz stehen.
»Mama, es ist der Nachbar von oben.«
»Ah, Zac?«, sagte sie mit weicher Stimme.
Lächelnd stand sie auf, überprüfte ihr Spiegelbild im Küchenfenster und steuerte auf die Tür zu.
»Man hat nicht immer das Glück, den zu lieben, den man lieben möchte«, sagte ich mir, als ich mich in mein Zimmer verzog.
Die Abendessenszeit war schon eine Weile überschritten, als Mama hereinkam.
»Hier, ich habe der Laduré-Dingsda einen Brief geschrieben. Den gibst du ihr morgen zusammen mit dem Scheck.«
Mama beugte sich über mich und drückte mir beim Überreichen des Umschlags einen Kuss auf die Stirn. Sie war ruhig und gelassen, aber ihre Augen glänzten und ihre Wangen waren gerötet. In diesem Moment hasste ich sie, fand sie widerlich, verfluchte ihr ›Ah, Zac?‹. Ich beschloss ein Buch gegen verliebte Eltern zu schreiben, und gleichzeitig sagte ich mir, dass das Leben mit ihr einfacher war, wenn sie nicht dauernd deprimiert war, und ich war ›Ah, Zac?‹ dankbar dafür, dass er zur Erträglichkeit unserer Lebensumstände beigetragen hatte. In letzter Zeit wurde ich ständig hin- und hergebeutelt; mein Hirn war wie eine Autobahn mit zweihundert Spuren in beide Richtungen,

auf der die Gedanken und Gefühle unaufhörlich mit einem Affenzahn aufeinander zu rasten, so dass ich allmählich befürchtete, eine Massenkarambolage könne nicht mehr lange auf sich warten lassen.
Am nächsten Morgen zerriss ich den Brief meiner Mutter und verstreute die Schnipsel auf dem Weg zum Gymnasium. Ich musste an Hänsel und Gretel denken, die Brotkrumen im Wald ausstreuten. Was für Dummköpfe, diese zwei. Wenn meine Eltern beschließen würden mich auszusetzen, würde ich null Wert darauf legen, den Heimweg wieder zu finden, sondern mich schnurstracks bei der alten Hexe einquartieren.
Als ich mich neben Kevin setzen wollte, stellte dieser demonstrativ seine Tasche auf den Tisch und sagte, der Platz sei für Djamel reserviert. Ich wusste, dass das gelogen war, aber ich fügte mich schweigend in mein neues Schicksal als Prügelknabe der Nation. Neben Sandra Tournachère war noch ein Platz frei, auf den ich mich ohne zu zögern setzte. Zwei Außenseiter unter sich – ein tolles Gespann!
Madame Parisi war an jenem Morgen ziemlich gut in Form. Sie gab die Tests zurück und ich habe den leisen Verdacht, dass das eine ihrer Lieblingsbeschäftigungen ist. In unseren erwartungsvollen Gesichtern liest sie Angst, Stolz, Verzweiflung; ein unwiderstehliches kleines Schauspiel.

»Die Noten reichen diesmal von 1 bis 14.«

Ein Zittern durchlief den Raum.

»Wir werden, wenn es euch recht ist, gleich mit der Korrektur beginnen.«

Einstimmiges Murren. Was für eine Sadistin, diese Parisi! Sie liebt es, uns eine Stunde lang schmoren zu lassen in der Angst, ob unser Schnitt durch die neue Arbeit besser oder schlechter geworden ist.

»Haddad, bitte zur Tafel. Aufgabe Nummer eins.«

Walter stand murrend auf. Auch das war Teil der Parisi-Methode: die Korrektur von uns Schülern machen lassen. Als hätte man nicht schon während des Tests zur Genüge über den Aufgaben geschwitzt. Meistens ließ sie diejenigen nach vorne kommen, die sich am schlimmsten verhauen hatten; für die Betreffenden verflog damit das Gefühl der Beklemmung, um der nackten Verzweiflung Platz zu machen.

Während Walter sich mit der Lösung einer Gleichung mit zwei Unbekannten abmühte, ließ ich mich durch das magische Geklapper von Sandras Stiften einlullen. Ich wusste, dass ich wegen der verflixten Sache mit der Versicherung noch heute bei der Laduré-Wétanski antreten musste, weshalb ich mir unbedingt eine hieb- und stichfeste Geschichte überlegen musste, etwas, das ihr die Sprache verschlagen und sie daran hindern würde, meine Mutter anzurufen oder ihr nochmals zu schreiben. Sie musste mir um jeden Preis noch eine Fristverlängerung von einer Woche zugestehen; mit ein klein wenig Glück würde endlich jemand auf meine Anzeige antworten und ich konnte die ganze Angelegenheit ein für alle Mal vergessen. Ich ließ mir alle guten und schlechten Ausreden durch den Kopf gehen: ›Madame Laduré-Wétanski, meine Mutter kann Ihnen die Quittung leider nicht zuschicken, weil sie gestorben ist.‹ Blödsinn, völlig hirnrissig! Solche Ausreden konnte man vielleicht in der vierten Grundschulklasse noch für unfehlbar halten, in einem Alter also, wo man nicht über seine Nasenspitze hinaussehen kann. ›Madame, meine Mutter konnte Ihnen die Quittung nicht schicken, weil sie arbeitslos ist und kein Geld mehr für die Versicherung hat.‹ Gar nicht so schlecht, nur dass die Laduré-Wétanski uns dann die Sozialhilfe auf den Hals schicken würde. ›Madame, meine Mutter kann Ihnen die Quittung nicht schicken, weil sie sie verlegt hat.‹ Super, gar nicht übel, Aufschub von einer Woche genehmigt. Auf meinen Lippen zeichnete sich ein verträumtes Lächeln ab, als mich ein lautes, bellendes Husten unvermittelt aus meinen Gedanken riss.

Samantha Léolo, der ›Sozialfall-große-Wunden-in-der-Kindheit‹ stand anstelle von Walter Haddad an der Tafel. Ihre riesigen Brüste wackelten wie zwei hinter den Puffern eingeklemmte Flipperkugeln hin und her. Ihr Gesicht war feuerrot, sie hatte die Kreide fallen lassen, hielt sich beide Hände vors Gesicht und weinte bitterlich. Ihr Gesicht verfärbte sich immer mehr und sie hustete und hustete bis zum Ersticken. Madame Parisi war aufgestanden und zu ihr gegangen, um ihr auf den Rücken zu klopfen, aber es half nichts. Samantha war nicht zu beruhigen. Sie fiel auf die Knie und krümmte sich. Zu ihrem Konzert aus Keuchhusten und Tuberkulose gesellten sich nun noch Schmerzensschreie. Die Mathelehrerin gab Sandra ein Zeichen und wie ein braver Soldat sprang diese sofort auf. Sie brachte ihre Mitschüler immer zur Erste-Hilfe-Station. Man konnte ihr vertrauen; mit Sandra ging man kein Risiko ein, dass es zu Ausrutschern kam. In ihrer Begleitung würden sich die Kollapskomödianten nie zu einer Slalompartie durch die verlassenen Korridore hinreißen lassen. Die Lehrer wussten, dass Sandra Tournachère bei allen unbeliebt war; das hatten sie sofort gespürt, und es war von Vorteil für sie, dass die allgemeine Antipathie für Sandra dazu führte, dass solche Gänge durch die Schule äußerst zivil abliefen.

Sandra nahm Samantha freundschaftlich bei den Schultern und führte sie zur Tür des Klassenzimmers. Madame Parisi schien durcheinander.

»Tja, wie es scheint, reagieren manche Schüler stärker als andere auf einen schulischen Misserfolg.«

Ich dachte über Samantha nach. Sozialfall, das hieß: Arbeitslosigkeit, Alkoholismus, Schläge und Misshandlungen, Selbstmord. Tiefe Wunden in der Kindheit, das hieß …

»Desruelles, an die Tafel!«

Mist! Ich hatte die Arbeit verhauen.

Ich hatte auf mein neues, selbstsicheres Ich gesetzt. Aber jetzt schwitzte ich Blut und Wasser an der Tafel bei dem Versuch, dieses wiederherzustellen. 2ab, bis hierher war ich mir sicher, aber der Rest entzog sich meiner Kenntnis. Ich war unfähig mich zu konzentrieren: + oder –? Ein tolles Ich! Nichts von wegen selbstsicher und zuversichtlich! Was haben wir alle doch für tolle Ichs: Sandra mit dem aschefarbenen Schleier, der sie umgibt, Samantha mit ihrer tiefen Wunde, Julien mit seinem Zittern, Djamel mit seinem schwachsinnigen Humor und ich mit meiner verdrehten Arithmetik.

Als ich wieder an meinen Platz zurückging, nachdem die Parisi mich nach allen Regeln der Kunst gedemütigt hatte, saß Sandra wieder da. Ich drehte den Kopf, um zu sehen, ob Samantha wieder von den Toten auferstanden war, aber ihr Stuhl war leer.

»Was hat sie?«

»Die Krankenschwester sagte, es sei wahrscheinlich eine Allergie gegen Kreidestaub«, flüsterte Sandra zurück.

»Eine Allergie gegen Kreidestaub? So ein Blödsinn!«

»Vielleicht, aber wie es scheint, ist das der dritte Fall in zehn Jahren.«

Für manche Leute ist das Leben wirklich kein Zuckerschlecken. Als ob es nicht schon reichen würde, in der Kindheit verletzt worden zu sein.

»Ist es schlimm?«

»Nein, ich glaube nicht. Und außerdem kommt in jedem Fall die Versicherung dafür auf.«

»Was hat das mit der Versicherung zu tun?«

»Nun, da es in der Schule passiert ist, werden die Behandlungskosten von der Schulversicherung bezahlt. Zum Glück, denn wenn Samanthas Eltern dafür aufkommen müssten – du weißt schon, was ich sagen will ...«

Ich wusste es nicht und verstand auch nicht, wieso Sandra so viel über Versicherungen und über Samanthas Eltern wusste. Auf meine Frage hin erklärte sie mir, dass ihr Vater Versicherungsvertreter sei. In mir flammte ein kleines Lichtlein auf. Sandra war mir vom Himmel geschickt worden, um mich vor der drohenden Katastrophe zu retten. Andächtig betrachtete ich sie, während sie mir von ihrem Vater erzählte und von einem besonders heiklen Fall, den er letzte Woche geregelt hatte. Ihr Murmeln plätscherte in schöner Harmonie zum ständigen Geklapper ihrer

Stifte dahin. Zum Zittern ihrer langen Finger gesellte sich das ihrer Lippen, die weich und voll waren wie Blütenblätter. Ich tauchte sanft in einen Moment reinster Poesie ein. Da waren nicht mehr der verlassene Fußball oder der herrenlose Hund, da waren plötzlich das alberne Klopfen meines Herzens und das Blinzeln ihrer Augen in Zeitlupe, wie winzige Samtvorhänge, hinter denen sich zuckersüße Geheimnisse verbergen. Bum-bum, bum-bum, sprich, Sandra, sprich immer weiter! Versicherungspolice, eine Perle entweicht deinem Mund – Zahlungsfrist, ein Diamant entspringt deinen Lippen – Selbstbeteiligung und Aktenkosten, Rubine, Smaragde und Topase funkeln zwischen deinen Zähnen.

»Tournachère, etwas Ruhe bitte!«

Die Parisi konnte es nicht fassen. Wenn jetzt schon die schwarzen Schafe anfingen, nicht mehr aufzupassen, wo kämen wir da hin? Sandra errötete. Alle Blicke richteten sich auf sie, auf mich, auf uns, und ich hörte hämisches Kichern hinter meinem Rücken. Ich hatte mich soeben auch hinter Sandras Schleier begeben und wusste nicht, ob ich mich darüber freuen oder entsetzt sein sollte.

In der Pause beschloss ich zum Angriff überzugehen und fragte Sandra, ob wir in einer stillen Ecke weiter diskutieren könnten. Noch im selben Moment, in dem ich den Satz aussprach, wurde mir klar, dass jedes andere Mädchen an ihrer Stelle diese Frage für einen Heiratsantrag gehalten hätte. Als Kevin Babeth einmal gefragt hat, ob sie mit ihm in den Zeichensaal hinaufgehen wolle, um das Klassenbuch zu holen, das er dort vergessen hatte, hatte sie ihm zur Antwort gegeben: »Willst du mit mir gehen?«, worauf er »Ja« gesagt hatte. Anschließend klebten sie zehn Minuten lang Mund an Mund. Das Klassenbuch war im vierten Stock geblieben und Samantha hatte es vor Beginn der Englischstunde holen müssen. Aber Sandra hatte nur ›ja‹ gesagt, ohne rot zu werden, ohne zu zittern, ohne mit der Haarsträhne zu spielen, die ihr manchmal ins Gesicht fiel. Es war so einfach, mit ihr zu reden, als wäre sie gar nicht gleich alt, als wäre sie irgendwie nicht von dieser Welt. Bei ihr blieben die Dinge ohne Konsequenzen, ohne Tragweite, auf jede Frage bekam man eine Antwort. Jedenfalls habe ich ihr alles erzählt und sie gab mir spontan drei Ratschläge.

»Ich sage dir aber gleich, dass von meinen drei Ratschlägen vielleicht keiner wirklich gut ist. Die Lösung liegt meist ..., wie soll ich sagen ... in der Mitte. Kennst du dich ein bisschen mit chinesischer Philosophie aus?«

Ich schüttelte den Kopf. Wir saßen auf der kleinen steilen Treppe, die zum Kunstsaal im vierten Stock führt. Dort kam nie jemand vorbei. Das automatische

Treppenhauslicht war kaputt und so saßen wir im Halbdunkel, ganz nah beieinander; manchmal berührten sich unsere Knie. Bum-bum. Sandra roch gut. Bum-bum. Ihre Stimme klang sanft. Bum-bum. Sie war ein kleines bisschen größer als ich. Aber sie war sehr distanziert, was mir nicht unangenehm war. Eine Art unbeschreiblicher Strahlung ging von ihr aus, die einen in Schach hielt. Sie war absolut offen und durchsichtig. Bei ihr war ›nah beieinander sitzen‹ nur eine Folge der Enge der Treppe. Da gab es nicht die geringste Zweideutigkeit. Obwohl ich inzwischen unter ihren Schleier gekrochen war, wurde ich durch ihr undefinierbares Magnetfeld auf Abstand gehalten.

»Lüge, Arbeit, Kreditgeschäfte«, sagte sie mit ihrer konstant ruhigen Stimme.

Ich dachte einen Augenblick nach.

»Das Lügen habe ich bereits hinter mir. Ich habe zu meiner Mutter gesagt, ich würde den Scheck heute früh der Laduré-Wétanski geben. Damit habe ich zwar Zeit gewonnen, aber geändert hat sich nichts.«

Sandra nickte wie eine Lehrerin, die einen guten Schüler abhört.

»Mit Arbeit versuche ich es gerade. Ich habe in der Bäckerei einen Zettel aufgehängt, dass ich Nachhilfestunden gebe, aber bis jetzt hat sich noch niemand gemeldet.«

»Ich würde mir an deiner Stelle nicht zu viele Hoffnungen machen. Hast du die Anzeigen gesehen, die neben deiner hängen? ›Ingenieur gibt Mathestunden‹, ›Französischlehrer bietet Nachhilfe in Grammatik‹. Weißt du, was ich meine?«
»Babysitten kann ich nicht.«
»Ich weiß«, sagte sie.
»Woher willst du das wissen?«
»Ich nehm dich auf den Arm. Ich weiß es natürlich nicht, aber wenn du es sagst, wird es auch stimmen.«
»Was war noch mal der letzte Punkt?«, fragte ich, um nicht rot zu werden.
»Kreditgeschäfte.«
»Ah, ja, klar …«
»Du weißt, was das ist?«
»Nun, klar, Kreditgeschäfte eben.«
»Nein«, erwiderte sie und neigte dabei den Kopf schief, um mir direkt in die Augen zu schauen. »Kreditgeschäfte sind nicht gleich Kreditgeschäfte.«
Sie ging mir langsam auf die Nerven mit ihrer chinesischen Philosophie.
»Du leihst jemandem Geld und lässt es dir mit Zinsen zurückzahlen, das ist alles.«
Ich lachte laut auf.
»Ich soll jemandem Geld leihen, ich, der ich keinen Pfennig in der Tasche habe? Bist du übergeschnappt, oder was?«

»Eher ›oder was‹«, antwortete sie lächelnd.
Blödsinnige Tränen schossen mir in die Augen.
»Für den Anfang brauchst du nur wenig Kapital, um so ein Geschäft anzufangen. Stell dir vor, du hast vierzig Francs. Davon verleihst du zweimal zwanzig zu einem Zinssatz von zehn Prozent pro Woche. Nach acht Tagen bekommst du dann vierundvierzig Francs zurück. Kannst du mir folgen?«
Und wie. Das war genau die Art von Rechnen, die mir das Leben einigermaßen erträglich machte.
»Hört sich nicht schlecht an. Das Problem ist nur, dass ich unter Umständen zehn Jahre brauchen werde, um die 120 Francs für die Versicherung zusammenzubekommen.«
»160 Francs«, berichtigte sie mich. »Zins und Startkapital, wie die Arbeitsbiene sagen würde.«
Sie holte zwei Zwanzig-Francs-Scheine aus ihrer Tasche.
»Das kann ich nicht annehmen«, stammelte ich.
»Das stört mich nicht weiter«, sagte Sandra und legte mir das Geld auf die Knie. »Meiner Ansicht nach wird es nicht funktionieren, aber es ist einen Versuch wert.«
Ich stopfte die beiden Scheine in meine Hosentasche.
»Und wenn ich alles verliere?«
»Dann schuldest du mir vierzig Francs.«
Ich wurde blass.

»Keine Angst, war nur ein Scherz. Sagen wir, wir teilen das Risiko.«
Wir standen auf, als gerade die Klingel ertönte.
»Es wird nie funktionieren, stimmt's?«, sagte ich zu ihr, als wir im dritten Stock im Flur waren.
»Fürchte ich auch, aber im Moment hast du keine andere Wahl, glaube ich.«
Während der Stunde bei der Verpuits ließ ich einen Zettel durch die Klasse gehen, auf dem ich mein neues Geschäft erklärte. Am Ende der Stunde hatten sich Fabien, Walter und Kevin für eine Gesamtsumme von vierzig Francs eingetragen. Ich riss drei Seiten aus meinem Schreibheft heraus und machte daraus einen Notizblock mit drei Spalten.

Donnerstag, 28. September

Ausgeliehen	Zurück
10 F/Kevin	0
20 F/Fabien	0
10 F/Walter	0

Donnerstag, 5. Oktober

Ausgeliehen	Zurück
0?	11 F/Kevin
0?	22 F/Fabien
0?	11 F/Walter

Gewinn, gesamt: 4 F

Das war zwar nicht umwerfend viel, aber besser als nichts. Der Klatsch über Sandra und mich wollte nicht verstummen. Aber ich beschloss, nicht zu dementieren und setzte mich sogar demonstrativ immer neben sie. Ich war zwar noch immer der Prügelknabe meiner alten Mannschaft, aber jetzt hatte ich bessere Karten. Viele trugen sich auf meiner Warteliste ein und baten um Sonderkonditionen. Doch Sandra hatte mir geraten in geschäftlichen Dingen hart zu sein, und ich vertraute ihr voll und ganz. Mein Leben lag in ihren Händen. Sie wusste es, aber es schien sie nicht zu stören.

Sechs

Auf dem Nachhauseweg von der Schule ging ich in der Bäckerei vorbei und – oh, Wunder! – jemand hatte sich meine Telefonnummer notiert.

»Du wirst eine Kundin bekommen, mein Junge«, sagte Madame Pétillon. »Ein Baguette, nicht zu dunkel gebacken, wie immer?«

»Ich habe kein Geld dabei.«

»Du hast Kredit, mein Junge. Bald bist du reich.«

Sie reichte mir ein warmes Baguette und ich versprach, das Geld am nächsten Tag vorbeizubringen.

Kaum war ich zur Wohnungstür herein, da klingelte auch schon das Telefon.
»Hallo, ich rufe wegen der Annonce an.«
Es war eine sehr junge Frauenstimme und sofort wich meine Befangenheit.
»Guten Tag, Madame, Louis Desruelles am Apparat. Was kann ich für Sie tun?«
Mir war, als hörte ich sie leise lachen. Aber es war nicht sehr deutlich, vielleicht nur ein simpler Hustenanfall. Das war neuerdings ja in Mode.
»Ich rufe wegen meiner Tochter Alice an, sie ist in der vierten Klasse Grundschule.«
»Vierte? Kein Problem.«
»Es geht um Grammatik und Rechtschreibung.«
»Grammatik und Rechtschreibung? Prima«, sagte ich ein klein wenig zögerlicher.
Das waren nicht gerade meine Lieblingsfächer. Um mich zu beruhigen, sagte ich mir, dass ich sie Diktate schreiben lassen konnte. Das hatte den Vorteil, dass ich selbst den Text vor Augen hatte. Wenn man unterrichten will, muss man nicht unbedingt gut sein in dem jeweiligen Fach, sondern nur das richtige Buch in der Hand haben.
»Könnten Sie schon morgen beginnen?«
»Mit Vergnügen, Madame.«
»Wir wohnen in der Rue Popincourt Nummer 14, Treppe C, dritte Etage rechts.«

Ich notierte alle Angaben auf dem Telefonblock und legte auf, nachdem ich mich dreimal bei ihr bedankt hatte. Das war zweifellos etwas zu viel, aber es schien sie nicht zu stören. Sie hatte einen weiteren Hustenanfall und verabschiedete sich dann mit den Worten: »Also dann bis morgen, 17 Uhr.«

Mama kam völlig durchnässt nach Hause. Ein fürchterliches Gewitter war heruntergegangen. Ich hatte mir die Nase am Fenster platt gedrückt und gezählt, wie viele Sekunden es nach jedem Blitz, der den grau-schwarzen Himmel durchzuckte, bis zum darauf folgenden Donnerschlag dauerte. Dicke, dicht fallende Tropfen zerbarsten in den schon zahlreichen Pfützen; der Regen prasselte leise auf die Fenstersimse aus Zink.

»Louis«, rief Mama aus dem Badezimmer. »Ich muss heute Abend weggehen. Kann ich dich alleine lassen, mein Großer?«

An ihrem Tonfall hörte ich, dass sie Angst hatte, ich könnte ›nein‹ sagen. An jedem anderen Tag hätte ich ein Theater gemacht und sie an zehn verschiedene Fälle in letzter Zeit erinnert, wo Kinder bei einem Wohnungsbrand ums Leben kamen, während ihre Eltern unterwegs waren; aber heute war ich bester Laune. Ich fühlte mich so gut wie seit Monaten nicht mehr. Die Einzelteile waren wieder zusammengeklebt, ich hatte plötzlich das schöne Gefühl, wieder

ein ganzer Mensch zu sein, nicht mehr nur das sinnlose Fragment einer zerbrochenen Familie.
»Null Problemo«, sagte ich zu Mama, die gerade mit einem Handtuch auf dem Kopf aus dem Badezimmer kam. Sie sah aus wie ein Fakir.
Fast hätte ich sie gefragt, ob sie ›Ah, Zac?‹ trifft, aber mein Instinkt riet mir, es bleiben zu lassen. Es lag mir nichts daran, ihr den Spaß zu verderben. Ich brauchte ohnehin keine Bestätigung, es war offensichtlich. Nachdem Mama eine halbe Stunde in ihrem Zimmer zugebracht hatte, kam sie nach Blumen und Puder duftend wieder heraus; ihre glänzenden Haare waren zu einem eleganten Dutt zusammengebunden, sie trug Ohrringe und ein schwarzes Kleid, das ihre Figur für meinen Geschmack etwas zu stark betonte. Sie sah trotzdem ziemlich gut aus, aber andererseits wirkte sie anders als sonst, irgendwie unnatürlich. Es war, als sei ständig eine Kamera auf sie gerichtet. Ihre Bewegungen wirkten einstudiert, sie neigte leicht den Kopf und lächelte mit entblößten Zähnen. »Sie übt«, sagte ich mir. »Sie bereitet sich für ihr Rendezvous vor; sie macht sich warm fürs Flirten.«
Um mich ihrer Show zu entziehen, gab ich vor, einen Haufen Hausaufgaben machen zu müssen und zog mich in mein Zimmer zurück. Als ich meinen brandneuen Kreditblock erblickte, beschlich mich ein un-

gutes Gefühl. Mein Magen zog sich zusammen, meine Hände wurden eiskalt und mein Rücken juckte. Ich las noch einmal die Einträge in den beiden Spalten durch sowie den Gesamtgewinn, den ich erzielen würde; dann versuchte ich mir auszurechnen, wie lange es dauern würde, bis ich die Versicherung bezahlen und Sandra das Geld zurückgeben konnte, wobei ich den Kapitalzuwachs natürlich mit einbezog. Im Großen und Ganzen konnte ich damit rechnen, dass sich die Zinserträge jede Woche verdoppelten.

Normalerweise beruhigen mich solche Rechenaufgaben. Sie helfen mir, meine Gedanken zu ordnen und die Welt zu verstehen. Aber dieses Mal nützte es nichts. Die Ziffern, die ich schrieb, zerliefen zu Klecksern und meine Kehle war noch immer wie zugeschnürt. Ich legte mich auf das Bett und schlief prompt ein. Was ich geträumt hatte, wusste ich beim Aufwachen leider nicht mehr, aber meinem Zustand nach zu schließen, hätte ich gewettet, dass ich das Niveau von Amelia Marquez erreicht – wenn nicht gar überschritten – hatte.

Mama kam lautlos in mein Zimmer, küsste mich auf die Stirn und flüsterte mir ins Ohr: »Dein Abendessen steht auf dem Küchentisch.« Ich war noch völlig benebelt und murmelte: »Einen schönen Abend.«

Als ich einige Minuten später in der Lage war die

Augen zu öffnen, bemerkte ich, dass ich weinte. Das war mir noch nie passiert. Ich hatte im Schlaf geweint oder vielleicht beim Aufwachen damit begonnen. Aber egal. Ich blieb auf dem Rücken liegen und spürte, wie die Tränen sich von meinen Lidern lösten und in die Ohren kullerten. Das tat irgendwie gut. Ich hatte eine schreckliche Wut im Leib und mit jeder Träne löste sie sich ein bisschen mehr auf. Die Zahlen begannen wieder in meinem Kopf zu tanzen, aber es waren nicht mehr dieselben. 19 – 36 – 13. Meine Mutter war 19 Jahre alt gewesen, als sie meinen Vater kennen gelernt hatte. Jetzt ist sie 36. Ich bin 13. »Jeden trifft es einmal«, dachte ich. »Jeden trifft es einmal«, sagte ich mir immer wieder und musste noch heftiger weinen. Warum war sie es, die sich verliebte? Normalerweise war es in diesem Alter doch vorbei. Sie hatte ihre Chance gehabt. Warum glänzten ihre Augen so? Warum ist Sandra so merkwürdig? Meine Eltern denken an die Liebe und ich ans Geld. »Jeden trifft es einmal«, aber leider verkehrt herum. Blödsinn!

Ich ballte die Fäuste und stand auf. In der Küche fand ich mein Lieblingsessen vor: Krabbensalat mit Palmenherzen und Spagetti Bolognese. Der imaginäre Flügel meiner abwesenden Gluckenmutter wärmte mich für einige Minuten. Wie ein Wilder machte ich mich über das Essen her und beschloss währenddessen, Edson anzurufen.

»Hallo, wer spricht bitte?«

»Wo hast du gesteckt? Ich warte seit mindestens drei Minuten schon in der Leitung.«

»Für den Fall, dass es dir entfallen sein sollte, *brother*: Ich habe keinen Direktanschluss. Robert Biscotto holte mich, als ich gerade aus der Dusche kam, aber ich wollte nicht unbedingt nackt zum Telefon rennen.«

»Wer ist das, Robert Biscotto?«

»Na ja, Robert Biscesco eben, ein phantastischer Rugbyspieler.«

»Irre witzig, das Wortspiel mit Biscotto.«

»Freut mich, dass es dir gefällt, das ist nämlich der hier übliche Humor. Du siehst, hier läuft alles etwas elitär ab.«

»Stimmt es, dass du über Weihnachten und Neujahr nach Moskau willst?«

»Quatsch! Das hab ich nur zu Mama gesagt, weil meine Freundin aus Russland kommt, aber eigentlich wohnt sie in Antibes.«

»Was? Du hast eine Freundin?«

»Du sagst es.«

»Und?«

»Was, und?«

»Na, was weiß ich, wie ist das?«

»Wie üblich. A betet mich an. A liebt nur mich und so weiter.«

»Im Ernst?«

»Nein, ich rede Mist. In Wirklichkeit glaube ich, dass sie meine Existenz kaum wahrnimmt und außerdem ist sie schon achtzehn. Kauf dir also bitte nicht gleich einen Anzug für unsere Hochzeit. Meiner Ansicht nach hat das noch mindestens fünfeinhalb Jahre Zeit.«

»Und? Wie ist sie?«

»Ich weiß nicht.«

»Du wirst sie dir doch wohl schon einmal angesehen haben!«

»Klar, logo, aber ...« Edson zögerte einen Augenblick. »Sie ist eben irgendwie schon so alt und ... anders.«

»Willst du damit sagen, dass sie schon erwachsen ist?«

»Richtig, sie ist schon so erwachsen. Übrigens überlege ich, ob ich nicht bald eine kleine Reise mit Mama mache, wenn du verstehst, was ich meine.«

»So nach dem Motto ›Hallo Doktor Freud‹?«

»Ja, so ähnlich.«

»Trübe, oder?«

»Mehr noch: super-trübe. Und bei dir, alles in Ordnung, oder was?«

»Oder was. Ach, übrigens, es ist witzig, aber ich bin einem Mädchen begegnet, das auch ›oder was‹ sagt wie wir.«

»Wo bist du ihr begegnet?«

»In meiner Klasse.«

»Wahnsinnig originell.«

»Bist du schon mal mit einem Mädchen aus deiner Klasse gegangen?«

»Nein, nie. So etwas ist, wie ich schon sagte, wahnsinnig originell. Und wie geht's den Eltern? Mama schien mir gestern nicht so gut drauf.«

»Stimmung Nescafé, Werbespot für die Scheidung. Ich frage mich, ob die nicht auch eine kleine Reise machen sollten. Sie denken nur an das Eine.«

»Woran?«

»An das halt. Sie denken nur an das.«

»Daran? Bist du dir sicher?«

Ich nickte traurig mit dem Kopf.

»Hey! Hallo! Bist du am anderen Ende der Leitung gestorben, oder was?«

»Oder was. Das Telefon ist einfach Mist. Dauernd muss man reden.«

»Stimmt, es ist Mist. Übrigens, weshalb rufst du überhaupt an?«

»Weiß nicht, nur so.«

»Na schön, sehen wir uns an Allerheiligen?«

»Oder spätestens an Weihnachten, tschüss.«

Als ich auflegte, fühlte ich mich noch einsamer als zuvor und fragte mich, ob ich meinen Bruder von einst jemals wieder finden würde. Selbst auf die Gefahr hin, dass ich mich wie ein Fachmann in Sachen Gefühlsduseleien anhöre, muss ich zugeben, dass wir in letzter Zeit nicht mehr die gleiche Sprache sprachen und auch nicht mehr über die gleichen Dinge redeten. Wir redeten über die Entstehung der Erde, die Gefahren der Gentechnologie und über die Frage, ob es Leben auf dem Mars gibt. Ich fragte mich, ob wir nicht beide, er und ich, mit zwei Füßen zugleich in die blöde Altersfalle hineingesprungen sind. Ein dummes Alter, ein trauriges Alter, das, in dem man anfängt, sich mit denselben Dingen zu beschäftigen wie seine schwachsinnigen Eltern.

Etwa zwanzig Minuten lang kämpfte ich gegen die Lust an, mich vor den Fernseher zu setzen, der ich schließlich kläglich erlag. Die Decke über den Knien schlief ich auf dem Sofa ein. Es war halb zwei, als Mama mich weckte und mir sagte, ich solle ins Bett gehen. Sie roch nach Alkohol. Ich erinnere mich noch, dass mir der Gedanke ›tiefe Verletzungen in der Kindheit‹ durch den Kopf schoss, bevor ich bis zum nächsten Morgen im großen Nichts versank.

*

»Nun, Desruelles, kommst du, um deine Akte zu vervollständigen?«, begrüßte mich die Laduré-Wétanski mit ironischem Ton. »Setz dich, bitte.«

Ich hatte keine Zeit zum Frühstücken gehabt. Mein

Magen knurrte erbärmlich und meine Knie waren weich wie Butter. Sie hatte mich schon auf halb neun in ihr Büro bestellt und ich war völlig unvorbereitet. Die Schulsekretärin öffnete eine große cremefarbene Mappe, aus der eines meiner ersten Schulzeugnisse herausfiel. Madame Rosier, vierte Klasse Grundschule! Nie werde ich ihre Linkshänderschrift vergessen; als sie das erste Mal einen Satz an die Tafel schrieb, dachte ich, wenn jetzt der Schulleiter zufällig hereinschauen würde, würde er sie auf der Stelle entlassen. Jeder Buchstabe, den sie schrieb, sah aus wie vom Gegenwind umgepustet. Aber dafür hatte Madame Rosier wunderschöne Glupschaugen, die mich immer an die des japanischen Fisches im China-Restaurant in der Rue Oberkampf erinnerten.

»Desruelles, ich habe dich etwas gefragt!«, rief die Laduré-Wétanski plötzlich.

»Ich war mit meinen Gedanken woanders, Madame.«

»Ja, das sehe ich. Weit weg! Das scheint ein wenig deine Spezialität zu sein, wenn ich mich nicht irre. Vielleicht solltest du dich später bei der NASA bewerben. Dann kannst du das Weltall bereisen.«

Sie lachte über ihren dämlichen Scherz und ich lächelte zurück. Ich konnte es mir nicht leisten meine Situation unnötig zu verschlechtern.

»Nun, Louis, was hast du zu deiner Verteidigung zu

sagen?« Sie geizte wirklich nicht mit Klischees, die gute L.-W. Ich beschloss, mich auch auf ihr Terrain zu begeben – wenn du Klischees brauchst, dann sollst du welche haben! Die Wahrheit über die Scheidung im Hause Desruelles. Die ganze Wahrheit, in ihrem ganzen Ausmaß! Die Streitereien, der ältere Bruder, der von zu Hause wegzieht, der Umzug, das Alleinsein, die fehlende Kommunikation ... Natürlich würde ich ihr nichts von den 120 Francs erzählen, die ich fürs Kino abgezweigt hatte; das passte nicht ins Bild, das gehörte längst der Vergangenheit an. Lieber servierte ich ihr ein dick aufgetragenes Melodram. Sandra hatte Recht, die Lösung lag oft in der Mitte; im vorliegenden Fall in der Mitte zwischen Lüge und Wahrheit.

Das Schlimmste war, dass ich mich hoffnungslos mitreißen ließ. Ich fügte so viele Details bezüglich der Scheidung, dem Wohnungswechsel und Edsons Wegzug hinzu, dass ich zu guter Letzt anfing zu heulen. Nach fünf Minuten flossen die Tränen ohne weiteres Zutun und ich sah, dass die Laduré-Wétanski große Augen bekam und die Stirn runzelte. Mir fiel auf, dass ich in letzter Zeit ganz schön oft weinte, und ich fragte mich, ob das vielleicht mit der Ernährung oder dem Wachstum oder beidem zusammenhing.

»Entschuldigen Sie bitte, aber ich habe großen Hunger, ich habe heute Morgen noch nichts gegessen«, sagte ich zum Abschluss meiner traurigen Lebensgeschichte.

»Du Ärmster, hier, nimm«, sagte sie und hielt mir ihre persönliche Keksdose unter die Nase. »Das konnte ich natürlich nicht ahnen. Du bist neu an unserer Schule und wir haben so viele Sozialfälle.«

Ich fühlte mich etwas schäbig, dass ich Samantha Léolo ihren Spitzenplatz in der Rangliste der vom Schicksal Gebeutelten streitig machte.

»Weißt du«, fuhr sie fort, »manchmal hilft es schon, wenn man darüber spricht. Ich bin mir sicher, dass wir das regeln können.«

Doch als sie dann ihr Scheckheft herausholte, sträubte sich etwas in mir.

»Nein, Madame, das kann ich nicht annehmen. Alles, worum ich Sie bitten wollte, ist ein Aufschub von vierzehn Tagen.«

Die Laduré-Wétanski erhob sich, kam zu mir herüber und legte ihre Arme um mich. Ich saß unbeweglich auf meinem Stuhl, verdutzt und wie gelähmt, und spürte, wie sich ihre pralle Brust an meine Schläfe schmiegte. Sie strich mir über die Haare, ohne ein Wort zu sagen. Die Fristverlängerung war genehmigt.

Als ich in die Klasse zurückkehrte, hatte Monsieur Grifon gerade eine riesige Europakarte an den

Haken über der Tafel gehängt, die der Windstoß, der mit mir ins Zimmer kam, um ein Haar wieder heruntergerissen hätte. Monsieur Grifon ist hypersensibel. Er hat immer alle Mühe, seinen Unterricht zu Ende zu bringen, ohne ein knallrotes Gesicht zu bekommen und ohne sich über die Gleichgültigkeit der reichen Nationen oder über die Fehleinschätzung der großartigen arabischen Kultur aufzuregen. Ein Nichts wirft ihn aus der Bahn, alles lässt ihn zweifeln. Außerdem hat er einen Tick, der mir am Anfang des Schuljahres richtig Angst machte, den ich aber inzwischen an ihm mag. Etwa alle sechs Sekunden blickt er abrupt zur Seite, als habe er ein Geräusch gehört. Dadurch wirkt er, als sei er permanent in Panik. Ich glaube, dass er in einem früheren Leben sicher einmal ein Reh oder ein Fuchs war und wahrscheinlich bei einer Treibjagd ums Leben gekommen ist. Er fühlt sich ständig bedroht, und Lehrer für Wirtschaftsgeographie zu sein muss wirklich schrecklich für ihn sein. Wenn er wenigstens irgendetwas Ruhiges unterrichten könnte, zum Beispiel Latein oder Werken, dann würde er weniger leiden. Aber in seinem Spezialgebiet kommt alle zwei Seiten eine Ungerechtigkeit vor, auf jeder zehnten Seite findet ein Massaker statt und die übrigen Seiten werden von dem heimtückischen Trio Hungersnot-Pest-Landflucht beherrscht.

Er drückte sich gegen die Tafel, um das Herunterfallen der Landkarte zu verhindern, und blickte mich plötzlich starr an. Zunächst glaubte ich, es sei ein anklagender Blick, aber dann wurde mir schnell klar, dass ich einfach nur in das Blickfeld seines Ticks geraten war. Auch wenn in der Sekunde, als ich eintrat, nichts passiert wäre, hätte er seine vor Angst geweiteten Pupillen trotzdem auf die Tür gerichtet.

»Setz dich, Desruelles!«, sagte er und schenkte mir ein einseitiges Lächeln. »Wir sprachen gerade über die Situation der Landwirtschaft in Europa. Du hast noch nichts verpasst. Na ja, ja und nein ..., jedenfalls nichts Wichtiges.«

Er lachte wie Quasimodo, und ich ging an meinen Platz neben Sandra. Ich habe nie begriffen, weshalb in seinem Unterricht niemand randaliert. Dabei hätte Grifon einen idealen Märtyrer abgegeben: Er ist schwach, lächerlich, erschreckt sich wegen nichts und wieder nichts und murmelt am Ende eines jeden Satzes einen Haufen Widersprüchlichkeiten, wobei er die Augen gen Himmel richtet und die Hände wie zum Gebet faltet. Selbst in den Pausen und auf den Korridoren äfft ihn niemand nach. Ich glaube, dass er im Grunde recht beliebt ist, ganz einfach deshalb, weil er uns Schüler nicht hasst. Er hat Mitleid mit uns, wie mit allen durch die Jahrhunderte hindurch unterdrückten Völkern auf der großen, weiten Welt.

In gewisser Weise hält er uns für einen gefangen gehaltenen Volksstamm.

»Na, wie ist es gelaufen?«, flüsterte Sandra mir zu.

»Zen, Xin Tao, Yang zi Kiang«, antwortete ich. »Ich habe begonnen, mich mit chinesischer Philosophie zu beschäftigen.«

Das brachte sie nicht zum Lachen. Ich hatte sogar den Eindruck, dass ich sie verletzt hatte. Das sachte Geklapper ihrer Stifte hörte unvermittelt auf, ihr Mund, der immer leicht geöffnet war, wurde verkniffen. Sie senkte den Kopf und begann Notizen zu machen, während Grifon schilderte, wie es zu der geschichtlichen Situation gekommen war, die auf der vorne aufgehängten Karte abgebildet war.

I was plaisanting, schrieb ich auf einen Zettel, den ich zu ihr hinüberschob. Allmählich verstand ich Edsons Leidenschaft: Manchmal ist es wirklich einfacher, sich in einer Fremdsprache auszudrücken.

Sie schaute mich an, kaute auf ihrer Unterlippe herum und schüttelte verneinend den Kopf. Ich wäre auf der Stelle tot umgefallen, wenn ich laut hätte sagen müssen, was mir in diesem Moment durch den Kopf ging: »Du bist schön, wenn du wütend bist.« Es war also so weit! Ich schwamm in Rosenwasser, mein Herz klopfte und meine Hände glühten. Sandra seufzte, schüttelte sich und verschwand.

Klar, natürlich verschwand sie nicht wirklich. Ihr

Stuhl war nicht plötzlich leer. Aber es kam mir so vor. Sie ließ die Rollos vor ihrem Gesicht herunter, verschloss ihre gesamte Person vor der äußeren Welt und verschanzte sich wie eine lebende Mumie in ihrem Innern. Was konnte ich nur tun, um sie wieder zu beleben? Ich begriff nicht, was mit ihr los war. Bestimmt, weil ich das mit der chinesischen Philosophie gesagt hatte. Vielleicht war ihr Vater Chinese. Aber kann man braune Haare und grüne Augen haben, wenn man einen chinesischen Vater hat? Kann man mit dreizehn Jahren einen Meter sechsundsechzig groß sein, wenn man einen chinesischen Vater hat? Kann man Tournachère heißen, wenn man einen chinesischen Vater hat?
Vor Verlegenheit begann ich, dämlich zu lachen, was die Situation natürlich kein bisschen besser machte. Herr Grifon bezog es auf sich und wurde vor Verwirrung sofort rot. Ich kam mir vor wie der Kapitän eines Schiffes, der jedoch nichts von Navigation verstand; ich ließ mich vom Wind treiben, überließ den Kurs den Strömungen und sah, wie sich die Insel meiner Träume immer weiter entfernte anstatt näher zu kommen, bis sie schließlich ganz verschwand. Dabei war ich mir doch so sicher darüber, was ich sein wollte; nicht sicher meiner selbst, nein, im Gegenteil, aber sicher meines späteren Selbst. Ich würde ein Weiser sein, ein junger, großer Weiser mit langen

Ohrläppchen – in einem Artikel irgendeiner Zeitschrift hatte ich einmal gelesen, dass sich die Länge der Ohrläppchen proportional zur Weisheit des Besitzers verhält –, ein ruhiger und verständnisvoller Junge, der viel Humor hat, ohne jemals spöttisch zu werden, der zudem ziemlich gut aussieht, jedenfalls besser als im Moment. Manchmal sehe ich für einen kurzen Augenblick, wie sich die Straße, die in diese strahlende Zukunft führt, ganz breit vor mir öffnet, ich muss nur noch wachsen. An anderen Tagen wiederum herrscht Nebel, Unentschlossenheit – und die Stunden verrinnen, ohne dass etwas passiert. Dann bin ich meiner selbst überdrüssig.

Ich beschloss, dem Schicksal mit einer unvergesslichen Tat auf die Sprünge zu helfen. Nachdem ich meinen Stolz und meine Befangenheit vorsichtig in einem provisorischen Papierkorb deponiert hatte, schrieb ich ein Gedicht (natürlich ein chinesisches!) für Sandra.

Es ist ein Tag
des Verschwindens.
Sie schloss die Augen
und ich war nicht mehr da.
Als ich sie wieder öffnete,
war sie verschwunden.

Ich stellte fest, dass man in einem Gedicht sagen kann, was man will, aber sobald das Wort »Auge« oder »Augen« darin vorkommt, wird daraus ein Liebesgedicht. Trotzdem schob ich es ihr unter die Finger, nachdem ich mich davon überzeugt hatte, dass ich damit keine größeren Verpflichtungen einging.
Sie las es und ich sah sie zuerst schmunzeln, dann lachen, bis sie sich schließlich vor Lachen bog. Einen Moment lang befürchtete ich, sie würde gleich vom Stuhl fallen. Alle starrten zu uns herüber – alle, außer Grifon, der erschreckt in Richtung Tür starrte. Um meine Verlegenheit zu überspielen, klopfte ich Sandra auf den Rücken (vielleicht auch, weil ich wissen wollte, wie es war, ihren Rücken zu berühren). Sie beruhigte sich recht schnell wieder, nahm sogleich ihren Füller und kritzelte aufgebracht etwas auf eine herausgerissene halbe Seite ihres Ringbuches.
Du darfst mich nicht ernst nehmen. Verpfusch nicht dein Leben. ›Ich bin wie ich bin, ich bin so geschaffen.‹ Das ist von Prévert. Niemand mag Prévert. Ich schon. Ich weiß, dass er altmodisch ist, aber ich liebe dieses Gedicht, weil es wahr ist. Weil ich genauso altmodisch bin. Verzeih mir. Mach dir nichts vor. Ich habe keinerlei Illusionen mehr. Ich bin eine Versagerin. Ich las die Zeilen mit der gleichen Erregung, mit der sie sie geschrieben hatte. Ich unterstrich das Wort »Versagerin« und machte ein Fragezeichen darunter.

Was ändert das?
Die Antwort kam wieder schriftlich.
»Oh, mein Sweetheart! Das ändert alles!«, dachte ich im Stillen, um nicht an Busen, Hintern und so weiter denken zu müssen.
Fast nichts, schrieb ich darunter, unterstrich dreimal das Wort *Fast* und gab ihr das Blatt zurück.
»Was meinst du, Desruelles? Findest du es normal, dass ein Land, das Weizen produziert, das einer der größten Getreideproduzenten überhaupt ist, nun, ... dass dieses Land auf einmal verpflichtet ist, den Weizen, den es selbst produziert, von anderswoher zu importieren?«
Dieses Thema interessierte mich im Moment natürlich brennend.
»Nein«, rief ich, »das finde ich skandalös.« Monsieur Grifon breitete seine Arme aus, als wolle er mich über die Distanz hinweg umarmen.
»Genau, Desruelles, du sagst es! Das ist skandalös!«
Er fuhr fort und erklärte uns, wie und weshalb es zu einem solchen Skandal kommen konnte. Ich musste ihm zuhören, denn er war von meiner Reaktion vorhin so angetan, dass er sich nur noch an mich wendete, als wären wir allein im Raum. Für meinen Geschmack zahlte ich damit einen hohen Preis, aber das Geklapper der Stifte zu meiner Rechten war wieder

zu hören und in gewisser Weise war das das Einzige, was zählte.
In den folgenden Stunden taten Sandra und ich alles nur Mögliche, um uns aus dem Weg zu gehen. Wenn wir nebeneinander saßen, wechselten wir kein Wort miteinander, sondern konzentrierten uns angestrengt auf das Mitschreiben, und sobald es läutete, beschäftigten wir uns sofort intensiv mit etwas anderem. Gegen zehn nach vier Uhr bekam ich leichte Bauchkrämpfe wegen der ersten Nachhilfestunde, die ich der kleinen Alice aus der vierten Klasse nachher erteilen würde. Um auf andere Gedanken zu kommen, stellte ich mir den Fünfzig-Francs-Schein und die Zehn-Francs-Münze vor, die ihre Mutter mir danach in die Hand drücken würde. Super, das musste ein tolles Gefühl sein! Da ich gerade mit Zahlen beschäftigt war, kam ich auf die grandiose Idee, meinen Schuldnern Kevin, Walter und Fabien eine kleine Mitteilung zu schreiben. Ich fragte sie nur kurz, ob sie den PATEN I, II oder III gesehen hätten (wohl wissend, dass das unmöglich war), womit ich ihnen zu verstehen gab, dass sie, falls sie die Absicht haben sollten, mir das Geld nicht zurückzugeben, gut daran täten, sich im nächsten Video-Club ganz schnell das Kassetten-Paket auszuleihen, und zwar bevor sie eine endgültige Entscheidung trafen. Klar, meine Trauminsel und mein prächtiges Ich-Selbst-

in-der-Zukunft traten für eine gewisse Zeit in den Hintergrund, ausgeblendet durch mein niedriges Tun. Ich konnte nichts dafür und es machte mir auch keine Gewissensbisse. »Ich bin wie ich bin, ich bin so geschaffen.« Prévert ist vielleicht doch nicht so übel.

Sieben

Um Punkt siebzehn Uhr klingelte ich an der bordeauxroten Tür im dritten Stock, rechts, in der Rue Popincourt. Während ich darauf wartete, dass man mir öffnete, strich ich mir mit der Hand durch die Haare und hoffte, älter auszusehen als ich war. Fieberhaft versuchte ich mich daran zu erinnern, welche Grammatikregeln wir in der Grundschule durchgenommen hatten. Die Tür wurde geöffnet.

»Pocahontas!«, rief ich im Geiste überrascht aus.

Sie war es, von den roten Turnschuhen bis zu dem Windbeuteldutt! Miss Rothaut 1996.

»Guten Tag«, sagte sie und schaute dabei über meine Schultern hinweg.

»Ihre Mutter rief mich an wegen Nachhilfeunterricht ...«

Sie senkte den Blick und hüstelte.

»Wir können uns duzen. Alice ist in ihrem Zimmer.«

Sie zeigte mit dem Finger zum Ende des Flurs. Allerdings versperrte sie mir den Weg, so dass ich nicht wusste, wie ich zu dem Zimmer meiner Schülerin gelangen sollte. In der Hoffnung, dort eine Lösung zu finden, blickte ich zuerst auf ihre Turnschuhe und warf mich mit einem entschlossenen »Entschuldigung« nach vorne. Bestimmt habe ich ihr dabei eine Zehe zerquetscht, denn ich hörte sie »Au!« rufen. Aber das könnte ich nicht beschwören, denn wegen der sachten Berührung unserer Körper war ich wie benebelt. Ich erinnere mich noch an ihren Geruch, warm und frisch zugleich, ein bisschen wie ein Holzscheit, das man ganz hinten aus dem Garten geholt hat. Ich war dermaßen verwirrt, dass ich mich nicht einmal umdrehen konnte, um mich bei ihr zu entschuldigen. Mit drei großen Schritten war ich am Ende des Flurs und drückte eine Tür auf, an der ein Polly-Pocket-Poster klebte, das mit kleinen, schmutzigen Fingern dort angebracht worden war. Das war für mich der Hinweis, dass die Richtung stimmte.

Alice saß auf ihrem Bett, mit rundem Rücken und einem Finger in der Nase, und machte nicht den Eindruck, als könne sie es kaum erwarten, mich zu sehen. Sie war blond, ziemlich klein für ihr Alter und sah ihrer großen Schwester etwa so ähnlich wie ich einem Kebab.

»Guten Tag«, sagte ich fröhlich. »Ich bin Louis. Also, du bist in der vierten Klasse?«

Langsam nahm Alice ihren Finger aus der Nase, streckte sich genüsslich und erwiderte mit sanfter Stimme:

»M – jaa.«

»Weißt du, warum ich hier bin?«

Sie nickte und stand auf, um ihre Schultasche zu holen.

»Hast du schon einmal Nachhilfeunterricht gehabt?«

»Mmmm …«, machte sie, während sie sich an einen Zwergen-Schreibtisch setzte. »Ich bin 'ne Null in der Schule.«

»In deinem Alter kann man noch keine Null in der Schule sein.«

»Oh doch«, erklärte sie und schlug ein Heft auf, dessen Seiten mit unglaublich vielen Flecken verschmiert waren.

An manchen Stellen hatten die Spuren eines Klebestifts, die wohl durch Zufall dahin gelangt waren, alles, was in der Luft herumschwirrte, an sich gezogen (Haare, Kügelchen eines Wollpullovers, Spuren von Farbstiften usw.). Ich hatte noch nie etwas so Abstoßendes gesehen. Ich setzte mich neben Alice auf einen

Zwergenhocker und blätterte das Heft mit spitzen Fingern durch. Unterdessen lutschte sie verträumt am Daumen und wickelte ihre Haare um den Zeigefinger.

»Kannst du lesen?«

»Jaa, mächtig gut.«

»Also bist du keine absolute Null. Weißt du, ich bin in der achten Klasse Gymnasium und in meiner Klasse gibt es welche, die können kaum lesen. Kannst du dir das vorstellen? Sie sind fast doppelt so alt wie du und können nicht lesen! Verglichen mit ihnen bist du ein kleines Genie.«

»Echt?«, fragte sie strahlend. Doch gleich darauf verdüsterte sich ihr Gesicht wieder. »Nein, ich bin eine Null, eine Supernull.«

»Liest du schon Bücher?«, fragte ich, um das Thema zu wechseln.

Sie reichte mir ein Buch, dessen Umschlagseite zerrissen war. Ein Drittel der Seiten hatte Eselsohren; Fingerabdrücke und undefinierbare andere Spuren zeichneten einen geheimnisvollen Weg von einem Wort zum anderen, aber ich freute mich irrsinnig. Ich drehte und wendete es, blätterte darin herum, drehte es aufs Neue und streichelte es.

»Peter Pan! Das war mein Lieblingsbuch, als ich klein war«, sagte ich begeistert. »Eigentlich ist es noch immer mein Lieblingsbuch. Aber verrate es niemandem, okay?«

»Glaubst du, dass es ihn gibt?«
»Wen?«
»Na, Peter Pan natürlich. Glaubst du, es gibt ihn?«
Ich dachte einen Moment lang nach.
»Ein bisschen«, erwiderte ich dann.
Aber ich hatte Angst, Alice könne enttäuscht sein.
»Mir geht es genauso«, sagte sie und nickte heftig. »Ich glaube auch ein bisschen, dass es ihn gibt.«
Plötzlich sah sie ganz begeistert aus und ich fand sie richtig süß. Wenn ich eine kleine Schwester hätte, müsste sie genauso sein. Sie steckte ihren Finger wieder in die Nase und seufzte vor Glück.
»Nun denn«, sagte ich, »dein Problem ist wohl, dass du ziemlich schmutzig und unordentlich bist, stimmt's?«
»Stimmt«, gab sie unbefangen zu, ohne den Finger aus der Nase zu nehmen.
»Es ist besser, wenn wir ehrlich miteinander sind, findest du nicht auch?«
Sie nickte.
»Also, du bist schmutzig und das nervt deine Lehrerin.«
»Es ist ein Lehrer.«
»Wie heißt er?«
»Jean-Henri.«
Ich fing an zu lachen und sie lachte mit. Ich nahm einen fürchterlich angekauten Bleistift und klemmte

ihn mir zwischen Nase und Oberlippe, wobei ich mich komischerweise kein bisschen ekelte.

»Guten Tag, liebe Kinder, ich heiße Jean-Henri«, sagte ich mit tiefer Stimme.

»Woher weißt du, dass er einen Schnurrbart hat?«

»Alle Typen, die Jean-Henri heißen, haben einen Schnurrbart, das ist bekannt.«

»Ja, das ist bekannt«, echote sie.

»Gut, es nervt den lieben Jean-Henri also, dass du schmutzig bist. Um dich zu bestrafen sagt er, dass du eine Null bist. Aber eigentlich ist er eine Null.«

»Nein.«

»Wieso nicht?«

»Er ist keine Null.«

In diesem Moment war ein so ohrenbetäubender Lärm zu hören, dass ich fast von meinem Hocker gefallen wäre.

»Hilfe! Was ist denn das?«

»Valou spielt Violine«, erklärte Alice unbeeindruckt und kratzte sich dabei am Kopf.

»Valou? Heißt deine Schwester so?«

»Japp.«

»Und dieses Quieken eines Schweins, das man gerade abmurkst, ist ihre Violine?«

Alice schüttelte sich vor Lachen.

»Na gut, dann müssen wir uns wohl oder übel dem Unvermeidlichen fügen.«

»Das sagt meine Mutter auch immer: Man muss sich dem Unvermeidlichen fügen.«

»Wie ist deine Mutter?«

»Schöööön.«

»Das ist normal.«

»Was ist normal?«

»Nichts, nichts. Gut, fangen wir an?«

Alice schaute mich mit großen Augen an.

»Wir arbeiten!«, sagte ich aufmunternd.

Sie murrte ein wenig und ließ sich dann auf ihren Stuhl fallen. Ich nahm ihre Hand und fragte sie, ob sie sich in eine Prinzessin verwandeln wolle.

»Heißt das, wir arbeiten nicht?«, fragte sie mich mit einem verschmitzten Lächeln.

»Doch«, sagte ich. »Wir werden arbeiten, aber zuerst machen wir aus dir eine kleine Prinzessin, okay?«

Was für ein Talent, Louis! Alles beginnt mit der Aufwertung des äußeren Erscheinungsbildes. Manchmal hat es sein Gutes, wenn man die Telefongespräche von geschiedenen Frauen mithört. Abgesehen davon hätte ich aber nie geglaubt, dass es so schwierig sein würde, ein kleines Schweinchen in eine Prinzessin zu verwandeln. Ich bin es nicht gewohnt, mit kleinen Mädchen umzugehen. Um die große Musikerin nicht zu stören, gingen wir auf Zehenspitzen ins Badezimmer. Dort fingen wir an mit Händewaschen. Eine dunkle Brühe floss aus denen von Alice.

»Wäschst du dir nie die Hände?«
»Nö, warum?«
»Warum nicht?«
»Ich denk nie daran.«
»Und deine Mama?«
»Die wäscht sie sich immer.«
»Nein, ich meine, ob dir deine Mutter nicht sagt, dass du die Hände waschen sollst?«
»Sie kommt immer erst spät heim.«
»Und dein Vater?«
»Meinem Vater ist das egal.«
Als sie dann saubere Hände hatte, überlegte ich, was wir als Nächstes tun könnten.
»Mal sehen …«, sagte ich, »… was fehlt dir noch zur Prinzessin?«
»Eine schöne Frisur!«
»Richtig, du hast den Nagel auf den Kopf getroffen!«, rief ich aus und griff nach einer Haarbürste.
Alices dichte Haarmähne zu entwirren war eine der schwersten Arbeiten, die ich in meinem Leben bisher tun musste. Müsste ich die zwölf Herkulesarbeiten noch einmal neu schreiben, würde ich diese Aufgabe als dreizehnte hinzufügen.
Alice war wirklich sehr lieb. Sie bewegte sich keinen Millimeter. Manchmal zog ich so fest, dass sich ihre Augen mit Tränen füllten, aber sie zuckte nicht mit der Wimper. Als ich damit fertig war, versuchte ich

ihr Zöpfe zu flechten, aber das wurde zu einem totalen Fiasko. Wie ein Verrückter wickelte ich ihre Haarsträhnen umeinander, aber im Handumdrehen hatten sie sich wieder gelöst. Alice bog sich vor Lachen. Ich fuhr ihr mit einem nassen Waschlappen durchs Gesicht, so dass ihre Wangen ganz rot wurden. Schließlich schnappte ich mir einen Schal, der aus einem Kulturbeutel heraushing, und band ihn ihr um den Kopf.

»Wow, ich bin richtig schön!«, rief Alice, als sie in den Spiegel schaute.

»Superschön!«, bestätigte ich ihr, als wir in ihr Zimmer zurückgingen.

»So, und was machen wir jetzt?«, fragte sie gespannt und setzte sich wieder an ihren Schreibtisch.

Ich inspizierte ihr Federmäppchen und ihre Hefte. Eine einzige Katastrophe! Die Bleistifte sahen aus wie alte, abgenagte Knochen, die man in der Wüste gefunden hat, und alle Kugelschreiber liefen aus. Wenn man sie berührte, hatte man ihre klebrige Tinte an den Fingern hängen.

»Wie schaffst du das?«, fragte ich und deutete auf ihre Stifte.

Sie zuckte mit den Schultern und lächelte wie ein Unschuldslamm.

»Du bist der erste Mensch, den ich treffe, der es schafft, dass Kugelschreiber auslaufen.«

Sie lächelte voller Stolz.

»Das Problem ist nur«, fügte ich hinzu, »dass das überall Flecken hinterlässt. Weißt du, was wir tun werden?«

Sie schüttelte den Kopf.

»Wir tauschen unsere Federmäppchen.«

Alice schaute mich ungläubig an.

»Doch, doch. Du gibst mir dein Federmäppchen und ich gebe dir meins. Hier!«

Ich holte mein Mäppchen aus meiner Tasche und zeigte ihr einen Stift nach dem anderen, die Filzstifte, den Füllfederhalter – alle schön sauber.

»Sagen wir mal, das ist dein neues Prinzessinnenmäppchen, einverstanden?«

»Einverstanden. Aber, weißt du, ich werde alles kaputtmachen.«

»Nein, du wirst überhaupt nichts kaputtmachen. Das sind nämlich nicht deine normalen Sachen. Das sind ganz besondere Sachen, auf die man aufpassen muss.«

Mit den Fingerspitzen nahm sie einen schwarzen Filzstift, als handelte es sich um einen Zauberstab, und nahm die Kappe ab.

»Schau!«, sagte ich und hielt ihr einen ihrer alten, vergammelten Stifte hin, »den da lasse ich dir. Sowie dir danach ist, einen Stift anzukauen, nimmst du John.«

»John?«

»So heißt dein vergammelter Stift, klar?«

»John«, sprach sie mir nach und begann dabei, an ihm zu kauen. »Alles klar.«

»Du brauchst auch ein neues Heft.«

»Ich habe kein anderes«, sagte sie traurig und blickte auf die grauen Fetzen, in die sie ihre Aufgaben schrieb.

Ich zog einige Doppelseiten aus meiner Tasche, aus denen ich ein ganz neues Heft zusammenbastelte, und legte es vor sie.

»Jetzt wirst du schön sauber das Datum auf den oberen Rand der Seite schreiben.«

Die Zunge zwischen die Zähne geklemmt, machte Alice sich ans Werk. Die rechte Hand hatte sie ausgestreckt neben sich liegen, die Finger ihrer linken Hand krampften sich um den Filzstift.

Ich schaute auf meine Uhr und stellte fest, dass die Zeit der Nachhilfestunde bereits um fünf Minuten überschritten war.

»Schau!«, sagte Alice und zeigte mir ihre Arbeit.

Als ich ihr neues Heft auf die Knie nahm, um es zu inspizieren, griff sie wieder zu John und begann, wie eine Irre darauf herumzukauen.

Freitag, den 29. September. Jeder einzelne Buchstabe schien ein Eigenleben zu haben. Nicht einer hatte die gleiche Größe wie sein Nachbar. Alice hatte sich so sehr angestrengt, dass ihre rechte Hand ganz feucht geworden war und sich das Blatt jetzt an fünf Stellen aufwellte.

»Nicht schlecht«, sagte ich. »Also, ich vertraue dir mein Federmäppchen bis nächsten Freitag an. Du passt gut darauf auf, versprochen?«

Alice nickte und warf sich auf ihr Bett, todmüde von der Anstrengung, den Daumen im Mund und den Zeigefinger in den Haaren. Als ich rückwärts aus ihrem Zimmer ging, winkte sie mir zum Abschied zu. Kaum stand ich wieder im Flur, hörte das Quietschen der Violine auf. Ich drehte mich um in der Erwartung, Pocahontas wieder zu sehen und eventuell auch ihre Mutter, die mir einen herrlichen Geldschein und eine wunderbare Münze in die Hand drücken würde.

Von einer Mutter war nichts zu sehen, aber Miss Rothaut, alias Valou, alias Schweinemörderin mit dem Geigenbogen kam mir von überall her entgegen. Die erste stand mir im Flur gegenüber; von der zweiten erblickte ich die obere Hälfte im Spiegel über der Kommode; von der dritten sah mich das Gesicht in Medaillon-Größe aus der schwarzen Scheibe einer Glastür zu meiner Rechten an; und die fünfzig anderen waren zersplittert in mikroskopisch kleine Hautstückchen auf jedem einzelnen Kristallgehänge eines Kronleuchters zu sehen. Ich dachte an das Holz-

scheit aus dem hinteren Teil des Gartens, lächelte dümmlich und wartete darauf, was als Nächstes passieren würde.
»Ich fürchte, meine Mutter hat vergessen, das Geld dazulassen«, sagte Valou. Ihre Augen kreisten dreimal wie schwarze Kugeln oder kleine Planeten, die mit hunderttausend Kilometern pro Stunde ins Weltall geschleudert wurden.
Meine Hände krampften sich um meine Schultasche, und ich dachte an den Inhalt des Mäppchens, das ich als Geisel bei Alice gelassen hatte. Die Ausstattung war gute siebzig Francs wert. Meine Geschäfte gingen wirklich miserabel. Ein paar Wochen zuvor hatte ich im Fernsehen eine Reportage gesehen über Führungskräfte, die zu Pennern geworden waren. Ein Monsieur X wurde interviewt. Er hatte einen großen Plastiksack bei sich, seine Schuhe klafften an der Spitze auf wie die von Charlie Chaplin in dem Film *Goldrausch*, und an einer Schnur, die gleichzeitig als Gürtel für seinen beige-grauen Regenmantel diente, baumelte ein Transistorradio. Zuerst hatte er seinen Job verloren, dann musste er, um seine Schulden zu bezahlen, seine Wohnung verkaufen und nach und nach verlor er auch alles andere, das er je besessen hatte. Im Moment lebte er auf der Straße und bettelte in der Metro. Jedes Mal, wenn ich die Treppe zur Station Faidherbe-Chaligny hinunterging, rechnete ich

damit, ihn mit ausgestreckter Hand am Ende der Stufen vorzufinden, mit seinem krächzenden Transistor, aus dem Radio Montmartre erklingt. Ich hatte mich irgendwie unbehaglich gefühlt, als ich den Fernseher ausschaltete. Aber wie ich jetzt vor Pocahontas stand und im Kopf überschlug, was ich in letzter Zeit alles verloren hatte (120 Francs für die Versicherung, vierzig Francs von Sandra, siebzig Francs für den Inhalt meines Mäppchens und sechzig Francs für die Nachhilfestunde), da wurde mir plötzlich in aller Deutlichkeit klar, dass es fast unmöglich war, wieder auf die Beine zu kommen, wenn man auf der Rolltreppe des Lebens erst einmal nach unten unterwegs war. War ich auch auf dem besten Weg, ein Penner zu werden? Würden mich meine Eltern versacken lassen? Wo waren die Eltern von Monsieur X? Was für eine verdorbene Welt, dachte ich.

»Das ist nicht schlimm«, sagte ich.

»Nett von dir«, erwiderte Valou und schenkte mir drei weitere kleine Umdrehungen ihrer Augäpfel.

Nett – wie ich dieses Wort hasse! Valou, welch abscheulicher Vorname. Diese Nachhilfestunden, was für ein Reinfall! Plötzlich wollte ich so schnell wie möglich von hier weg, aus dieser Wohnung fliehen und, wenn möglich, auch vor mir selbst. Doch Valou versperrte mir den Weg.

»Möchtest du eine Cola?«, fragte sie.

»Nein, danke«, antwortete ich hastig.

Bei dem Glück, das ich in letzter Zeit hatte, wäre sie imstande gewesen, mich auch noch dafür zahlen zu lassen!

Ich ging langsam auf sie zu und hoffte, sie würde sich endlich zur Seite bequemen. Aber nein. Sie wich keinen Millimeter und ich war wieder in der gleichen dummen Situation wie bei meinem Kommen. Ich stand genau vor ihr und fragte mich, wie ich wohl das Hindernis überwinden konnte, um zur bordeauxroten Eingangstür zu gelangen.

»Entschuldige, aber dürfte ich vorbei?«

Valou machte eine Vierteldrehung nach rechts und wies mir mit der Geste einer Stewardess die Wohnungstür. Als ich ganz nah an ihr vorbeiging, fing mein Herz zu klopfen an, als wäre ich herzkrank, und mein Kinn zitterte. Um meine Fassung wiederzuerlangen, warf ich cool meine Tasche auf den Rücken und – PENG!

»Mist!«, rief Valou und begutachtete die Vase, die soeben auf dem Parkett zerschellt war.

»Was ist passiert?«, rief Alice aus ihrem Zimmer.

»Nichts, dein Lehrer hat nur Mamas blaue Vase zerbrochen«, antwortete Valou.

Das ist nicht meine Schuld, ich habe sie nicht zerbrochen, das hat sie mit Absicht gemacht, dachte ich. Was für ein Irrenhaus!

»Das ist nicht so schlimm«, sagte Valou. »Ich werde alles zusammenfegen und nichts sagen. Du brauchst nur eine neue zu kaufen. Sie kostet hundertfünfundzwanzig Francs bei Habitat.«
Dabei lächelte sie mich an. Ich hatte unbändige Lust, ihr einen Fausthieb zu verpassen, aber mein Arm war total leblos. 120 + 40 + 70 + 60 + 125 = 415. Zwischen mir und dem Glück standen mittlerweile satte 415 Francs. »Guten Tag, Monsieur X, ich heiße Y und ich wurde in nur drei Wochen zum Penner.«
»Gut, also, tschüss dann«, sagte Valou. Dann kam sie auf mich zu und küsste mich auf die Wange. Also, nicht richtig auf die Wange. Also, fast, na ja, ihr wisst, was ich sagen will. Am ganzen Körper zitternd rannte ich die drei Stockwerke hinunter in den Hof. Die kalte Luft schlug mir ins Gesicht und ich hatte den Eindruck, zum ersten Mal in meinem Leben zu atmen.
Ich habe euch ja schon von der Autobahn meiner Gefühle erzählt, und nun stellt euch einmal einen Sonntagabend vor am 31. Juli: Im Auto, das schon den ganzen Nachmittag von der Sonne aufgeheizt worden war, kommt man fast um vor Hitze, nach und nach werden die Scheinwerfer eingeschaltet, und zwei lange Ketten, die eine rot, die andere gelb und weiß, schlängeln sich rechts und links der Hecke am Mittelstreifen entlang. Man hat den Eindruck, als käme

man da nie mehr heraus, tröstet sich aber damit, indem man sich sagt, das sei noch besser als ein Unfall, denn wenigstens stirbt man nicht dabei, aber viel fehlt nicht viel. Ich war kurz vor einer Implosion. Meine Knie zitterten, meine Hände waren völlig kraftlos, mein Kiefer fühlte sich so zerbrechlich an, als hätte man mir gerade einen Aufwärtshaken verpasst, und ich war so kurzatmig, als hätte ich gerade einen Marathonlauf hinter mir. Ich dachte an Alice und war so stolz auf mich, dass ich mich dessen fast schämen musste. Ich dachte an Pocahontas – ich kann sie nicht Valou nennen, der Name ist wirklich zu blöd – und das Gefühl von Ärger vermischte sich mit dem von Trunkenheit. Ich begann noch einmal wie wild zu rechnen, indem ich plus und minus vor der astronomischen Summe, von der mein Leben abhing, immer wieder austauschte: – 415, Monsieur Y, dreizehnjähriger Penner; +415, Louis Desruelles, Multimillionär, noch grün hinter den Ohren. Wenn man in einem Mathetest plus und minus verwechselte, dann bedeutete das, dass man von 18 auf 5 Punkte abrutschte; im Leben, im richtigen Leben, waren die Auswirkungen jedoch noch viel verheerender.

Als ich nach Hause kam, glaubte ich, gestorben zu sein. Die vielen Probleme, die ich hatte, hatten mich zweifellos umgebracht; man kann mit dreizehn Jahren also doch einen Herzinfarkt bekommen. Ich war also gestorben, ohne es zu merken, und offensichtlich geradewegs im Paradies gelandet. Im Wohnzimmer saßen Mama und Papa und tranken lachend ein Glas Rotwein. Es fehlten nur noch Edson und vielleicht ein paar Engel.

»Guten Abend, Schatz«, sagte Mama ohne aufzustehen.

Papa hob mir sein Glas entgegen, als wolle er mir zuprosten.

»Willst du mir nicht auch zum Geburtstag gratulieren, du Schlingel?«

Verflixt, heute war der 29. September! Henri Desruelles feierte seinen siebenunddreißigsten Geburtstag. Ich ging zu ihm, um ihn zu umarmen, und er drückte mich an sich, wie damals, als ich noch ein kleiner Junge gewesen war. Mir drehte sich alles im Kopf, meine Nerven waren angespannt wie die Saiten von Pocahontas' Geige. Jeder Blick meiner Mutter, jedes Wort meines Vaters waren Striche mit dem Geigenbogen, die sich in mein Innerstes einsägten. Ich versuchte nicht, sie zu verstehen. Sie waren verrückt. Wenn man sie so sah, wie sie über alles Mögliche diskutierten, das sie gar nicht wirklich betraf, hätte man sie für ein normales Ehepaar halten können. Eigentlich sogar für ein perfektes. Als meine Eltern jetzt miteinander redeten, war es wie ein Pingpong-Spiel zwischen chinesischen Champions; sie verstanden sich, noch bevor der andere seine Sätze zu Ende gesprochen hatte, sie nahmen die Antwort des anderen vorweg und lachten, weil sie einer Meinung waren – trotz der in mehr als fünfzehn Jahren angehäuften Missverständnisse. Man hätte sie für gute, alte Freunde halten können. Als sie aufstanden, um zum Esstisch zu gehen, legten sie sich sogar den Arm um die Schultern – nicht wie Verliebte, eher wie Doppelpartner.

Kurz vor dem Dessert ging Papa in den Keller, um den Champagner zu holen. Da beugte sich Mama zu mir herüber und sagte mit Verschwörermiene:

»Als Geschenk von dir habe ich eine Brieftasche aus schwarzem Leder gekauft. Du kannst mir das Geld zurückzahlen, wenn du groß bist. Ich sage es dir lieber vorher, damit du nicht überrascht dreinschaust, wenn Papa es öffnet.«

Ich nickte und fragte mich, was ich tun konnte, um nicht in Ohnmacht zu fallen. Solange ich zurückdenken kann, war es jedes Jahr dasselbe. Edson und ich, wir vergaßen Papas Geburtstag grundsätzlich. Außerdem hatten wir nie Geld, um ihm etwas zu kaufen. Also besorgte Mama zusätzlich zu ihrem eigenen Geschenk noch ein weiteres, das von uns sein sollte, und wickelte es in ein anderes Papier ein. Papa rief immer entzückt: »Oh, von den Kindern, wie reizend!« Nicht ein einziges Mal hatte er geahnt, dass wir überhaupt nichts damit zu tun hatten. Obwohl ... Obwohl, wenn ich es mir recht überlege ... Wer weiß, vielleicht hat er sich immer nur dumm gestellt und so getan, als wisse er von nichts, getreu dem Motto, dass nur die Absicht zählt. Diese kleinen Lügen aus Zuneigung erschienen mir plötzlich unerträglich. Ich hatte gute Lust, mich aufzulehnen, meinem Vater zu sagen, dass ich diese schwarze Brieftasche noch nie im Leben gesehen habe, dass sie Mama ein Vermögen gekostet haben muss. Schon allein bei dem Wort »Geschenk« brach mir der kalte Schweiß aus. Zweifel stiegen in mir hoch. Ich erinnerte mich wieder an gewisse Geschenke, die ich von Papa erhalten hatte, und fragte mich, ob sie wirklich von ihm gewesen waren. Die elektrische Eisenbahn – sicher; der Spirograph – na, ich weiß nicht (als die Werbung kam, habe ich mit Mama vor dem Fernseher gesessen); die Blousonjacke von Schott – unmöglich, Papa wusste nicht einmal, dass es diese Marke überhaupt gab. Genug der Selbstquälerei, ich brauchte nicht mehr weiterzugrübeln, es war eindeutig Mama, die alle Geschenke einkaufte, die große Organisatorin der Versöhnaktionen, die große Priesterin der Sohnes- und der Vaterliebe. Der augenfällige Beweis für diese Wahrheit war, dass es am 15. März jeden Jahres nie ein Geschenk von den Söhnen zu Mamas Geburtstag gab. Wir malten ihr ganz schnell ein Bild, schrieben manchmal ein Gedicht, aber seitdem wir zu groß für solche Scherze sind, begnügen wir uns mit einem Geschenkgutschein (den wir nie einlösen). Bei dem Gedanken, dass Mama sich ihr Geburtsgeschenk womöglich immer selbst kauft und dann in Papas Schrank versteckt, um so zu tun als ob, öffnete sich der Boden unter meinen Füßen.

Mama holte das Geschenk aus dem Schrank, zündete die Kerzen an und machte das Licht aus. Im Halbdunkel sah ich eine Träne in ihrem Augenwinkel glänzen und das brach mir das Herz. In Gedanken stieg ich auf meinen Stuhl und hielt für sie und Papa eine Rede, die uns alle vor dem Schiffbruch retten würde. »Hört auf mit den Lügen. Hört auf mit der Heuchelei. Geschenke sind doch völlig ohne Bedeutung. Warum feiert man weiter Geburtstage, wenn keine Liebe mehr da ist? Besser, wir kaufen nichts mehr. Besser, wir denken nach. Fragt euch, was ihr aus eurem Leben machen wollt. Hört auf, nur so daherzureden. Schickt Vera und ›Ah, Zac?‹ auf eine Kreuzfahrt in die Karibik, damit wir etwas Ruhe haben. Schaut euch an. Ihr werdet mindestens fünfzehn Jahre brauchen, um das wiederherzustellen, was ihr zerstört habt. Was soll das? Bis es so weit ist, werdet ihr alt sein. Werft den Anrufbeantworter in den Mülleimer. Gebt euer Geld Monsieur X, statt es für

falsche Geschenke aus dem Fenster zu werfen und verschanzt euch in einer Hütte mitten im Wald.«
Würde ich später als Erwachsener auch so viel lügen müssen? Offen gestanden hatte meine Karriere als Betrüger ja bereits begonnen. Innerhalb eines Monats war ich zu einem wahren Weltmeister in Sachen Lügen geworden. ›Zum Teufel mit dem Malerleim‹ sagt – ich-weiß-nicht-mehr-wer in ich-weiß-nicht mehr-welchem Stück von Molière. »Zum Teufel mit meinen Eltern, mit mir und mit all unserem scheinheiligen Getue.« Papa blies die Kerzen aus. Wir saßen im Dunkeln und für einen Augenblick glaubte ich, ein Seufzen zu hören. »Lasst das Licht aus«, dachte ich. »Lasst uns in der Dunkelheit sitzen. Nach ein paar Sekunden werden sich unsere Augen an das Halbdunkel gewöhnt haben und unsere Gesichter werden sich von der Wand abheben. Wir werden zunächst nur das Glänzen unserer Augen sehen, später unsere Wangen und schließlich unsere stummen Lippen. Lasst das Licht aus! Lasst uns so zusammenbleiben bis …«
Doch da streckte Papa auch schon seine Hand zum Lichtschalter aus. Ich sprang mit einem Satz auf und rannte in mein Zimmer.

Acht

Höllenfahrt – ich glaube, so nennt man das. Innerhalb nur eines Monats hatte ich meine Freunde, einiges an Gewicht, etliche Hoffnungen und eine ganze Menge Zeit verloren. Doch auch wenn ich die Möglichkeit hätte, noch einmal von vorne zu beginnen, könnte ich leider nichts anders machen, denn die Ereignisse stürzten auf mich ein, ohne dass ich um irgendetwas gebeten hätte. Eigentlich habe ich mich keinen Millimeter bewegt, sondern die Hölle war zu mir heraufgekommen.

Fabien, Kevin und Walter gaben mir das Geld, das ich ihnen geliehen hatte, nicht zurück. Einer nach dem anderen tanzten sie bei mir an und servierten mir eine schwachsinnige Ausrede. Natürlich war beiden Seiten klar, was los war, mir ebenso wie ihnen. In ihren Augen las ich einen unerwartet hohen Prozentsatz an Hass. Dabei hätte ich doch sauer auf sie sein müssen, weil sie mich übers Ohr gehauen hatten, aber sie waren mir zuvorgekommen. Ich begriff, allerdings etwas zu spät, genau wie der Rabe bei La Fontaine, dass sie schon in dem Moment angefangen hatten mich zu hassen, als ich ihnen das Geld gegeben hatte. ›Kind reicher Eltern‹, ›Profitjäger‹, ›Ausbeuter‹ – solche Ausdrücke haben sie sicher hinter meinem Rücken benutzt. Während sie ihre fadenscheinigen Ausreden vorbrachten, vermischte sich in mir das Gefühl der Gier nach meinem Geld mit dem Kummer über die verlorene Freundschaft. Ich kochte innerlich bei dem Gedanken an das verlorene Geld und zerfloss gleichzeitig bei der Vorstellung, dass sie mich jetzt verachteten.

Fabien hatte das Geld für den Kauf eines kleinen Teddybären ausgegeben, weil seine kleine Schwester sich den Arm gebrochen hatte. Er wusste nicht, wie er es jemals zurückzahlen konnte, denn seine Mutter hatte seiner Karriere als Windschutzscheiben-Putzer ein abruptes Ende bereitet. »Ein Unfall in der Familie reicht mir«, soll sie gesagt haben. Ich wusste, dass alles erstunken und erlogen war, die Geschichte mit dem Teddybären und so weiter, aber ich hatte nicht den Mut, Beweise zu fordern.

Kevin war angeblich im Gang in Les Halles überfallen worden, und außer seiner Blousonjacke und seiner Uhr waren auch die zehn Francs weg. »Weißt du, das Problem ist, seit das passiert ist, lässt mich meine Mutter nicht mehr fortgehen. Ich habe also null Chancen, meine Comic-Heftchen wie geplant auf dem Flohmarkt zu verkaufen.« Volle zwei Wochen lang kam er mit seinem alten Parka in die Schule. Als er dann am darauf folgenden Montag mit seinem an-

geblich gestohlenen Blouson ankam, war ich so angewidert, dass ich ihn nicht einmal darauf ansprach.
Und Walter wollte mir weismachen, er habe seine zehn Mäuse dem Monsieur X geschenkt, dem Penner, der neulich im Fernsehen gekommen war. Wir hatten am Tag nach der Sendung darüber gesprochen. Ich war damals so empört gewesen, dass ich mir jetzt keine Meinungsänderung erlauben konnte. »Damals hast du mir die Augen geöffnet«, erklärte er mir nun. »Immer wenn ich jetzt etwas Geld auf der Seite habe, an meinem Geburtstag oder so, gebe ich es einem Bettler oder spende es einem Obdachlosenasyl.« Das war natürlich total gelogen, aber auch hier hatte ich keine Möglichkeit, es zu beweisen.
Da ich die Nächte damit zubrachte, mir zu überlegen, wie ich jemals wieder aus dem Schlamassel herauskommen könnte, war ich tagsüber völlig groggy, ohne jede Energie. Ich war müde und fühlte mich wie neunzig. Außerdem hätte ich es ohnehin nicht auf eine Schlägerei ankommen lassen können, denn ich konnte mir keine eingeschlagenen Zähne oder einen ausgekugelten Arm leisten. Die Versicherung war noch nicht bezahlt, und zum Glück war die Gnadenfrist noch nicht abgelaufen. Aber trotzdem kam ich mir vor, als würde ich mich auf Messers Schneide entlang eines Abgrunds bewegen. Der kleinste Unfall hätte meinen Ruin bedeutet, und an-

gesichts meines angeschlagenen Zustands begann ich ernsthaft um mein Überleben zu bangen. Meine drei Schuldner hatten keine Hemmungen, die Situation weidlich auszunutzen. Seitdem alle in der Klasse dachten, ich ginge mit Sandra Tournachère, nahm mich sowieso keiner mehr ernst. Ich war der Schwachkopf, der Bekloppte, der Kriecher, Omas kleiner Liebling, der nicht Fußball spielen will, um seine hübschen Samthosen nicht schmutzig zu machen. Mein Leben war eine einzige, einsame Fahrt zur Hölle!

Mit den Lehrern lief es auch nicht viel besser. Aus Angst vor einem allergischen Anfall gegen Kreidestaub fürchtete ich den Ruf an die Tafel wie der Teufel das Weihwasser. Wenn mich ein Lehrer nach vorne kommen ließ, blieb ich in sicherem Abstand zu der Ablage stehen, auf dem die verflixte Kreide lag, und stellte mich dumm.

»Aber, aber, Desruelles, das ist doch nicht so kompliziert«, sagte Madame Parisi. »Sag bloß nicht, dass du nicht eine dieser Gleichungen lösen kannst.«

»Äh, doch ..., tut mir Leid«, sagte ich, zuckte mit den Schultern und versuchte, möglichst schwachsinnig dreinzublicken.

»Setz dich«, sagte sie schließlich enttäuscht.

Gerettet! Kein Hustenanfall, kein Würgen im Hals, kein Tod durch Ersticken.

»Wer kann mir auf der Karte zeigen, wo die Ukraine liegt? Desruelles, bitte!«

Es tat mir wirklich Leid, dass ich Grifon das antun musste, aber ich durfte kein Risiko eingehen. Ohne mich von meinem Stuhl zu erheben, sagte ich:

»Entschuldigen Sie, bitte, aber ich habe einen Krampf im Fuß.« (Lachen im Saal). »Es liegt oberhalb von Rumänien und unten rechts neben Polen.«

Grifon lief rot an. Dreimal zuckte sein verzweifelter Blick in Richtung Tür, als wolle er fliehen. Schließlich antwortete er:

»Man sagt nicht ›oberhalb‹, sondern ›im Norden‹. Man sagt auch nicht ›unten rechts‹, sondern ›im Südosten‹. Das hier ist eine Geographiestunde, Desruelles.«

Ich nickte reumütig und grub in Gedanken ein Loch in den Boden, um für immer darin zu verschwinden. Es gibt Momente im Leben, da wünscht man sich wirklich, nicht auf der Welt zu sein.

*

An einem Samstag, an dem ich echt down war, hatte Papa mich alleine gelassen, um mit Vera nach Giverny zu fahren (»Bist du sicher, dass du nicht mitkommen willst? Dort steht das Haus, in dem Claude Monet gelebt hat. Die Gärten sind wunderschön, ganz besonders im Herbst und im Frühling.« – »Giverny mit Vera, Givera mit Verny, lieber sterbe ich«, dachte ich.)

Also, an diesem Samstag tiefster Verzweiflung und reinster Poesie sank ich so tief, dass ich die Putzhilfe meines Vaters, einen Mann aus Sri Lanka, um fünfzig Francs anbetteln wollte. Monsieur Philippe (so will er genannt werden) ist ein wenig kleiner als ich, sehr zierlich und sehr sanft. Er spricht nie, lächelt viel und seine Bewegungen sind so flink wie die eines Eichhörnchens. Ich weiß nicht, wie ich auf diese hirnrissige Idee kommen konnte. Wahrscheinlich aus Rachegelüsten. In meinem Kopf herrschte ein heilloses Durcheinander: Ich war böse auf Papa wegen Vera, die allerdings gar nicht so schlimm war und sich verzweifelt und unermüdlich Mühe gab, mir ein paar Worte zu entlocken. Es wäre mir am liebsten gewesen, wenn sie beide aus meinem Leben verschwänden, doch da ich mich nicht direkt gegen sie stellen konnte, weder gegen Papa noch gegen sie, nahm ich mir Monsieur Philippe vor, der mit der ganzen Sache nicht das Geringste zu tun hatte. Wie ich schon sagte, war ich einfach völlig durcheinander auf meiner Fahrt in die Hölle.

»Monsieur Philippe, bitte ...«

Er hörte abrupt auf, die Kommode abzustauben und wäre fast strammgestanden; da es das erste Mal war, dass ich ihn ansprach, abgesehen von ›Guten Tag‹ und ›Auf Wiedersehen‹, war er natürlich völlig überrascht.

»Hmmm, es ist mir peinlich, Sie darum zu bitten, aber …, na ja, ich bin da in einer, wie soll ich sagen, in einer verzweifelten Situation und ich bräuchte dringend fünfzig Francs. Da hab ich mir gesagt, da Sie ja gerade da sind und da mein Vater Ihnen 300 Francs pro Woche gibt … Sie verstehen?«

Monsieur Philippe lächelte mich mit all seinen tadellos weißen Zähnen an. An seinem Blick sah ich, dass er nicht ein Wort von dem verstanden hatte, was ich gesagt hatte. Also zeigte ich auf das Geld, das mein Vater für ihn auf den Schreibtisch gelegt hatte. »Zum Teufel mit mir«, dachte ich mir dabei beschämt.

Doch Monsieur Philippe nickte beglückt und teilte mir in gebrochenem Englisch mit, wie froh er sei, hier zu arbeiten, denn sein Diplom in Philosophie wäre in Frankreich ja leider nichts wert, dass er lieber Medizin hätte studieren sollen, wie seine Mutter es ihm geraten hatte, aber seine Mutter wäre tot, viele Probleme, sehr arm, sehr schwer wegzugehen, aber froh, wirklich, Monsieur Henri sehr nett. Dann lächelte er wieder und ich legte die Scheine wieder zurück, halb tot vor Scham. Genau genommen mausetot. Danach schleppte ich mich in mein Zimmer, legte mich aufs Bett und starrte die Decke an. Ich dachte an mein ›Zukunfts-Ich‹ wie an einen Jugendfreund, den ich verraten hatte. Ich war auf die schiefe Bahn geraten und meine Finger mit den abgekauten Nägeln fanden nirgendwo einen Griff zum Festhalten, der mich daran gehindert hätte noch weiter abzurutschen.

Als Edson an Allerheiligen in Paris aufkreuzte, braun gebrannt, muskulös, mit perfektem Haarschnitt und tieferer Stimme denn je, hatte ich den Eindruck, dass wir keine Brüder mehr waren. In seinen Augen las ich eine ähnliche Empfindung. Ich hatte abgenommen, tiefe Ringe unter den Augen, auf meiner Oberlippe duellierten sich drei einsame Schnurrbarthärchen, meine viel zu langen Haare hingen rechts und links an meinem Kopf herunter wie die Ohren eines Cockerspaniels; ich hatte hängende Schultern und zitternde Hände. Edson stellte seine Sachen ins Wohnzimmer und mir wurde klar, dass wir nicht im gleichen Zimmer schlafen würden; dafür war er zu alt geworden. Okay, ihr werdet jetzt vielleicht sagen, ich hätte einen Tunnel zwischen meinem Zimmer und dem Wohnzimmer graben können, doch hierfür hätte ich das Badezimmer und die Küche demolieren müssen, da sie zwischen den beiden Zimmern lagen.
»Edson, du schöner junger Mann«, rief Mama entzückt und nahm ihn in die Arme.

Mein Bruder war jetzt viel größer als sie, und als ich sah, wie er die Augen schloss und seine Wange an Mamas Kopf schmiegte, dachte ich, dass sein Entschluss wegzugehen vielleicht doch nicht so falsch gewesen war. ›Hallo, Dr. Freud? Ich möchte einen Termin vereinbaren. Also, da ist mein Bruder, der neuerdings mit Hingabe den Ödipus spielt; und, wenn ich es mir recht überlege, dann bräuchte ich auch einen Termin für meine Mutter, die glaubt, in einen Psychoanalytiker verliebt zu sein … Sie verstehen, worum es geht? Und auch für meinen Vater sollte ich einen Termin haben. Er begreift nicht, dass er schon siebenunddreißig Jahre alt ist, und schließlich brauche ich noch einen Termin für mich selbst; ich hätte gern ein Attest, das mir die lebenslange Einweisung in eine psychiatrische Klinik garantiert, das müsste Ihnen doch möglich sein, oder?‹

»Wie schön, euch wieder zu sehen«, sagte Edson und schoss damit den Vogel der Banalität ab. »Was ist, Louis? Du schaust so komisch drein.«

»Mach dir keine Sorgen«, sagte Mama, ohne ihren Blick von ihm abzuwenden, während sie mir geistesabwesend über die Haare strich. »Er ist in einem schwierigen Alter.«

»Danke, Mama«, dachte ich. »Vielen Dank. Mir wird ganz warm ums Herz, wenn ich sehe, dass du dir keine Sorgen um mich machst; wenn ich höre, dass du ausreichend Vertrauen in meinen Überlebensinstinkt hast und dir deshalb keine Sorgen machst, nur weil ich in eineinhalb Monaten drei Kilo abgenommen habe.«

Wir setzten uns alle drei ins Wohnzimmer und Edson erzählte ohne Punkt und Komma. Wie es schien, war er mittlerweile auch ein ›Körperfanatiker‹ geworden. Er schilderte seine Rekorde im Hochsprung mit derselben Begeisterung, mit der er früher seine revolutionären Vorstellungen über den Ursprung der Menschheit geschildert hatte. Er fühlte sich sichtlich wohl in seiner Haut, war ruhig und bedächtig … und auch ein bisschen angeberisch. Ich dachte neidisch: »Er hat es geschafft.« Aber sofort fragte ich mich, was das eigentlich heißt. Es war ihm gelungen, sein ›Zukunfts-Ich‹ zu werden, er war aus dem dummen Alter heraus, weg von den Pickeln, den Hemmungen und all den anderen lästigen Begleiterscheinungen, aber dafür war er abrupt in das Erwachsenenalter eingetreten, in das Alter, in dem man auf alles eine Antwort weiß, in das Alter der Verantwortung, der Selbstsicherheit. Ich dachte an Peter Pan, den Helden von Alice und mir, und fragte mich, ob Edson nicht gerade unwissentlich dabei war, den heiligen Pakt zu brechen.

Ich für meinen Teil wusste nicht so recht, an welchem Punkt ich eigentlich stand. Ich muss zugeben, dass ich etliche Schwierigkeiten damit hatte, mit all meinen unterschiedlichen Ichs zu jonglieren: dem ›Früheren-Ich‹, das sich stundenlang mit Alice unterhalten konnte, Pocahontas gegenüber jedoch vor Scham in den Boden versank; dem ›Jetzigen-Ich‹, das die Gespräche des ›Früheren-Ichs‹ über Kindermärchen verachtete, andererseits aber bei jedem Ton erschauderte, den die von den zarten Händen des Indianermädchens massakrierten Geigensaiten von sich gaben; und dann war da natürlich noch mein ›Zukünftiges-Ich‹, das all meine Bewegungen überwachte, jedes Wort, das ich sagte, mit enttäuschter Miene zur Kenntnis nahm und dabei mit schon ausgeprägtem Bartwuchs hämisch grinste.

Bevor ich zum Abendessen ging, steckte ich meine Nase noch einmal kurz in den Block mit meiner Zahlenakrobatik. Zu meinem Verlust in Sachen Geldverleihen hatten sich in letzter Zeit noch weitere katastrophale Minussummen gesellt. Das Ganze war ein Wirrwarr aus Geld, das ich schuldete oder verloren hatte, aber natürlich hatte ich auch meine erwarteten Eingänge notiert. Wenn ich regelmäßig die Zinsen bekommen hätte, wären inzwischen fünfundfünfzig Francs Gewinn dazugekommen. Allerdings hatte ich sogar die Hoffnung aufgeben müssen, überhaupt nur mein Startkapital von vierzig Francs wieder zu sehen. Sandra schien sich keine Sorgen zu machen, aber jedes Mal, wenn ich mit ihr sprach, sah ich, wie sich eine Mauer von Zehn-Francs-Münzen zwischen uns aufrichtete.

Trotz intensiver Bemühungen hatte es Alice geschafft meinem Füllfederhalter den Garaus zu machen und die meisten meiner Kugelschreiber schwer zu ramponieren – was einem Defizit von siebzig Francs entsprach. Ich hatte meinem Vater einen Stift klauen müssen und der Inhalt meines Mäppchens beschränkte sich derzeit auf diesen einzigen Kuli, der zudem bald auszufallen drohte, weil er fast leer war.

Die Mutter meiner Schülerin hatte ich noch immer nicht zu Gesicht bekommen, da sie – so viel war sicher – immer sehr spät nach Hause kam und sich um ihren neuen Angestellten keinerlei Gedanken zu machen schien. Sie schuldete mir inzwischen 300 Francs, und manchmal begann ich mit offenen Augen davon zu träumen, wie sie eines Abends nach der Unterrichtsstunde auftauchte und mir die Summe in klingender Münze über mein geplagtes, müdes Haupt schüttete. Doch im Moment war das Geld, das ich so dringend für die Schulversicherung brauchte, so fern und unerreichbar wie eh und je.

Glücklicherweise war die Laduré-Wétanski zehn Tage nach unserer denkwürdigen Unterredung in den Mutterschutz gegangen, und Monsieur Mulot, der ihren Platz einnahm, schien sich nicht sonderlich um unvollständige Akten zu kümmern. Er war ein kleiner grauhaariger Mann, der im wahrsten Sinne des Wortes ›verwaschen‹ aussah. Ich stellte ihn mir vor, wie er jahrelang bei sechzig Grad in der Trommel einer Waschmaschine gedreht worden war, um dann wunderbarerweise noch immer lebend wieder herauszusteigen, allerdings in verwaschenem, geschrumpftem und durch zu heftiges Schleudern verdrehtem Zustand. Er hob nie die Stimme, huschte wie ein Schatten die Wände entlang und schlich auf leisen Sohlen die Gänge auf und ab, wobei er auf natürliche Art und Weise mit der vergilbten Farbe der Wände unserer Schule zu verschmelzen schien. Ich war einmal in sein Büro geschickt worden, um eine Ausgangserlaubnis unterschreiben zu lassen, und fand ihn an seinem Schreibtisch sitzend vor, den Kopf in die Hände gestützt und irgendwas in seinen Bart brummend. Sandra meinte, er sei Alkoholiker, und wie ich Sandra kenne, hat sie zweifellos Recht.

Durch einen fürchterlich eigennützigen Besuch bei Oma Arlette war es mir gelungen, an etwas Geld zu kommen, aber leider hatte ich damit nur eine neue Vase für Pocahontas' Mutter kaufen können. Eigentlich hätte ich zufrieden sein müssen. Meine allerschlimmsten Probleme hatten sich vorläufig gelöst, ohne dass ich mich groß darum gekümmert hätte. Und trotzdem hatte ich Tag und Nacht das Gefühl, mein Kopf stecke in einem Schraubstock, und ich hatte ein Kribbeln im Bauch wie vor einem Sprung ins Nichts. Als ich Monsieur Mulot das erste Mal erblickt hatte, hatte ich sofort gewusst, dass meine Versicherungsgeschichte ad acta gelegt war, aber statt einen tiefen Seufzer der Erleichterung auszustoßen, spürte ich, wie sich ein noch größeres Gewicht auf meine Schultern legte. Ohne zu wissen warum, war ich wie erschlagen von der Erkenntnis, dass man mit Geld allein nicht alles regeln konnte. Dieses Gefühl hatte ich auch, als ich die neue Vase anschleppte: Dass ich die alte Vase kaputtgemacht hatte, war unbemerkt geblieben, aber als ich Pocahontas nun das Paket überreichte, bemerkte ich ein seltsames Funkeln in ihren Augen, das mich beunruhigte. Sie betäubte mich noch immer mit ihrem Parfum von frischen Holzscheiten, und ich bekam noch immer eine Gänsehaut, wenn sie mich auf die Wange küsste. Aber irgendwie machte sie mir auch Angst. Ich wurde das unangenehme Gefühl nicht los, dass sie mich manipulierte.

Es heißt, dass man aus Erfahrung klug wird. Doch was konnte ich aus meinen Erfahrungen der letzten Zeit lernen? Ich verbrachte so manche Stunde damit, mir darüber den Kopf zu zerbrechen, die richtige Formulierung zu finden, die so genannte Moral von der Geschicht', wie man sie am Ende der Fabeln von

La Fontaine findet, welche meinen steinigen Weg zusammengefasst und mir so erlaubt hätte, ihn besser zu verstehen. »Geld zu verleihen ist ein aufreibender Job«, »Geld macht nicht glücklich, aber kein Geld zu haben ist auch nichts«, »Geld lässt sich wieder ersetzen«, »Wenn man einmal auf die schiefe Bahn geraten ist, kann es nur noch abwärts gehen« usw. Verzweifelt über die Zahlenreihen auf meinem Notizblock, die mich nicht weiterbrachten, suchte ich nunmehr immer häufiger Zuflucht bei bekannten oder von mir erfundenen Sprichwörtern. Ich machte große Fortschritte in chinesischer Philosophie – das behauptete jedenfalls Sandra. Ich hatte es in der Tat aufgegeben, aus dem Schlamassel herauskommen zu wollen, um in Ruhe darüber nachzudenken, wie ich überhaupt hineingeraten war. Je mehr ich darüber nachdachte, desto mehr tat sich ein Graben in der logischen Beweiskette auf; die Gedankengänge wiesen einen Bruch auf. Wenn einem etwas Angenehmes zustößt, freut man sich normalerweise, und im umgekehrten Fall, wenn einem etwas Unangenehmes passiert, ist man unglücklich – auch wenn das ein bisschen vereinfacht ausgedrückt ist, so glaube ich doch, dass dies ein Gesetz ist, das allgemeine Gültigkeit besitzt. In meinem Fall jedoch war alles dem Zufall unterworfen. Wenn mir etwas Angenehmes passierte, fühlte ich mich manchmal ganz mies, und umgekehrt. Als zum Beispiel die Laduré-Wétanski die Schule verlassen hatte, hätte ich vor Freude an die Decke springen müssen; stattdessen vermisste ich sie richtig. Ein weiteres Beispiel: Jeder andere Junge an meiner Stelle wäre verrückt vor Aufregung gewesen, wenn er von Pocahontas mit den großen Mandelaugen und dem rosaroten Mund geküsst worden wäre. Um es ganz klar zu sagen: Ich bin mir sogar sicher, dass jeder andere Junge an meiner Stelle die arme kleine Alice im Stich gelassen hätte, um die Freitagnachmittage auf Kosten der Eltern im Zimmer der großen Schwester zu verbringen. Ich nicht! Ich blieb meinem Job treu, glaubte an meine Mission wie der Kapitän eines in Not geratenen Raumschiffes, und die Versuchungen, denen mich die Barbiepuppe mit den roten Turnschuhen aussetzte, ließen in mir eher blankes Entsetzen aufkommen als den Wunsch, einen Schritt weiterzugehen.

Hin und wieder fragte ich mich, ob ich mich nicht in einem Verwandlungsprozess befand wie der Typ bei Kafka: Eines Tages wacht er auf und stellt fest, dass er sich in einen Käfer verwandelt hat. Nun ja, ganz so schlimm war mein Fall nicht. Ich hatte eine andere Art der Verwandlung durchgemacht, eine unauffälligere. Die guten Sachen kamen mir schlecht vor und die schlechten gut. Ach ja, meine Geschichte mit Sandra Tournachère – drittes Beispiel: Vor meinem

Problem mit der Versicherung hätte ich sie nie im Leben angeschaut, doch seit ich in diesen Höllentunnel eingetaucht war, hatte ich den Eindruck, nur noch sie zu sehen. Ihr statuenhaftes Aussehen, ihre Augen aus Stein, ihre ernste Stimme, ihre Hände, die ständig in Bewegung waren, ihr stets gerader Rücken und ihr Kopf, der auf ihrem Hals aufsaß wie ein Teller, den ein chinesischer Jongleur auf einem Stab im Gleichgewicht hielt. Sie brachte mich zum Lachen, und manchmal, wenn wir gemeinsam von der Schule nach Hause gingen, schubste ich sie mit zwei Händen, damit sie in den Rinnstein fiel. Sie ließ es mit sich machen, stolperte, ich zog sie wieder auf den Gehsteig und schubste sie aufs Neue. Das war ein männliches Spiel – es hatte nichts mit den linkischen Küsschen von Pocahontas zu tun –, aber jedes Mal, wenn meine Hände ihren Arm oder ihren Rücken berührten, um sie ins Stolpern zu bringen und wenn ich spürte, wie sich ihr großer Körper zur Straße neigte, als wäre die gesamte Straße eine Verlängerung meines Armes, dann war ich von Kopf bis Fuß wie elektrisiert.

*

Nach dem Abendessen kam Edson in mein Zimmer.

»Na, was treibst du so?«

»Nichts, ich schreibe.«

»Was?«

»Ach, irgendwas.«
»Kann ich mal sehen?«
»Ach, es ist uninteressant.«
Edson setzte sich auf mein Bett. Ich wünschte mir, er würde wieder gehen.
»Ausgleich am Ende der regulären Spielzeit. Der sechste Spieler bereitet sich vor«, sagte er mit einem Augenzwinkern.
Ich warf mich auf den Teppichboden meines Zimmers, flach auf den Bauch, die Arme verschränkt, und hatte dabei das schreckliche Gefühl, dass es das letzte Mal war.
»Gesicht auf den Boden!«, rief ich. »Halbfinale der Europameisterschaften. Frankreich – Tschechische Republik. Pédros spielt den Ball zu lasch mit dem linken Innenfuß ab. Frankreich wird disqualifiziert.«
Ich hatte keine Lust wieder aufzustehen. Wie ich so am Boden festgenagelt dalag, war ich in der gleichen Gemütsverfassung wie der arme Reynald, als er sah, wie sein verpatzter Schuss wieder zu ihm zurückprallte.
»Was ist los, *brother*?«, fragte Edson und setzte sich neben mich.
»Ich weiß nicht.«
»Glaubst du nicht, dass du alles ein bisschen zu ernst nimmst?«
»Nein.«

»Ist es wegen der Eltern?«
»Ach, die sind mir egal. Sollen sie doch ihr Leben leben und mich in Ruhe lassen. Die haben sich ganz schön verrannt, wenn du meine Meinung hören willst.«
»Wichtig ist, dass sie das rechtzeitig gemerkt haben. Hat Papa dir schon gesagt, dass Vera ein Kind erwartet?« Mir war, als hätte man mich auf einen Schlag ausradiert. Vorher war ich das Nesthäkchen gewesen; Edson würde immer der Älteste bleiben. Ich dagegen war erledigt, ich war nichts mehr.
»Kennst du sie?«, fragte ich mit tonloser Stimme.
»Wen, Vera? Nein, aber ich freue mich für sie.«
»Das ging aber doch verdammt schnell.«
»Mama ist froh. Ich habe den Eindruck, dass sie sich irgendwie befreit fühlt.«
»Wovon? Von ihm, von uns, von Kindern im Allgemeinen?«
»Ein bisschen von allem. Sie muss ihre Freiheit wieder finden.«
Ich richtete mich plötzlich auf und packte ihn an den Schultern.
»Aber wer bist du eigentlich, du?«, rief ich und schüttelte ihn wie einen Pflaumenbaum. »Wer bist du?«
»Du bist ganz grün im Gesicht.«
»Ich weiß, das ist meine neue Farbe.«
»Sieht echt gut aus, aber … Okay, beruhige dich, so ist das Leben nun einmal.«

»Vielleicht, aber das ist nicht normal. Papa und Mama dürften nicht glücklich sein.«

Nachdem ich diese Worte ausgesprochen hatte, fühlte ich plötzlich, dass ich wieder mit meinen Eltern vereinigt war, und zwar in dem gleichen großen Sack der Absurdität, in den auch sie geworfen worden waren. Wir lebten also alle zusammen in einer verkehrten Welt, mit dem Kopf nach unten und den Füßen in der Luft; mit einem Lächeln auf den Lippen, das zu einer Grimasse wird, und einer Grimasse, die zu einem Lächeln wird. Es war genau wie in Mathe, die dumme und nicht mehr rückgängig zu machende Verwechslung von + und –.

Ich ließ mich auf den Rücken fallen und streckte Arme und Beine von mir.

»Was möchtest du später gern werden?«, fragte ich Edson.

»Profi-Volleyballspieler«, sagte er mit ungewohnt hoher Stimme.

»Sicher?«

»No, brother. Never sure of nothing at all.«

Er legte sich neben mich und wir fingen unwillkürlich an, Bauchmuskelübungen zu machen.

»Hey, du bist gut«, sagte Edson nach der fünfzigsten Wiederholung. »Du solltest mit mir nach Nizza kommen!«

»Ich habe hier zu tun.«

»Schade, das ist ein echter Verlust für die Sportnation.«
Ich hielt mir den Bauch vor Lachen.
»Und außerdem gibt's in Nizza keine guten Kinos«, fügte ich zum Abschluss hinzu.
Vor dem Einschlafen dachte ich an das Baby, das in einigen Monaten zur Welt kommen würde. Ich sagte mir, dass es wirklich von Glück sagen konnte, weil sein Vater bereits alt und ruhig ist und weil seine Mutter Vera heißt, was schon mal ein gutes Omen ist, und weil es zwei absolut geniale große Brüder haben wird, die Stunden damit zubringen werden, ihm weiszumachen, dass die Würfel aus Schaumstoff Planeten sind, und die ihm beibringen werden, wie man würdevoll eine zu Brei zerdrückte Wurst isst, und die ihn in die Welt der witzigen Sprüche in den Carambar-Bonbons einführen werden, was es zum absoluten Star der Vorschule machen wird.
Ich spürte plötzlich kein Fünkchen Wut mehr in mir. Ich war völlig ausgepumpt. Während ich mit offenen Augen in die Dunkelheit starrte, gelang es mir, mit einer mehr oder weniger geraden Linie meine Schicksalskurve zu zeichnen. Ein einziger Schlüssel genügte, um alle Türen zu öffnen. Ich musste es nur schaffen, an Alices Mutter heranzukommen und ihr die 300 Francs zu entlocken, die sie mir schuldete. Wenn ich dann die Versicherung bezahlt und Sandra

ihr Geld zurückgegeben hätte, blieben mir noch 140 Francs, mit denen ich mir ein neues Federmäppchen kaufen könnte, nein – welche Freude! – gleich zwei davon!

Neun

Als ich am nächsten Morgen aufwachte, hörte ich Mama und Edson in der Küche lachen. Ganz offensichtlich hatten sich neue Mannschaften gebildet. Irgendwie gehörte ich im Moment nicht so recht dazu; aber das störte mich nicht weiter; ich hatte viel zu erledigen. Noch vor dem Anziehen wollte ich die Familie Popincourt anrufen (ich wusste den Nachnamen von Alice und Pocahontas nicht). Was ich sagen würde, hatte ich mir schon zurechtgelegt: »Guten Tag, hier spricht Louis Desruelles ... ja, ich gebe Ihrer Tochter Nachhilfeunterricht, Alice ... Genau, ich wollte Sie fragen, ob es Ihnen möglich wäre, mir die Stunden vom letzten Monat zu bezahlen, weil ich in Ferien fahre und etwas Taschengeld bräuchte.« Ich fuhr nirgendwohin, aber das musste ich ihr ja nicht auf die Nase binden. Meine Geschichte hatte Hand und Fuß, sie konnte nicht ablehnen ...
»Guten Tag oder guten Abend. Sie sind mit dem An-

rufbeantworter von Monsieur und Madame Kinterlaffen verbunden. Wir sind zur Zeit verreist, Sie können aber eine Nachricht für Karina und Joseph hinterlassen. Vielen Dank und bis bald. Biiiiip ...«

Was für ein Name – du liebe Zeit, was für ein Name! Die haben keine Zeit verloren, die Kinterlaffens. Wie es scheint, sind sie sofort nach Schulschluss gestartet. Ich legte wieder auf. Meine Hände begannen zu zittern und ich spürte Schweißtropfen an meinem Körper herunterrollen. Ein paar Sekunden später klapperte ich mit den Zähnen. Ich versuchte mich aus dem Sessel zu erheben, auf den ich mich zum Telefonieren gesetzt hatte, aber sobald ich aufrecht stand, begann sich alles um mich zu drehen. Meine Füße schwankten, meine Knie schlotterten. Ich wollte mich an der Armlehne festhalten, aber meine Hände griffen wild um sich, ohne einen Halt zu finden. Mir wurde übel und ich wollte schreien. Doch dann wurde mir schwarz vor Augen und plötzlich fühlte ich mich viel besser, unwahrscheinlich leicht. Ich befand mich in der totalen Finsternis eines Sturzes aus schwindelnder Höhe, war mir meines Körpers nicht mehr bewusst. Der dumpfe Schlag, mit dem ich zu Boden fiel, weckte mich nicht auf, ließ aber zumindest Mama herbeieilen.

»Louis? Louis, mein Liebling, was ist passiert?«

Die Stimme war weit weg, aber sehr sanft; die Hand auf meiner Wange fühlte sich kühl und beruhigend an. Eine andere Mutter hätte ihr Kind vielleicht geohrfeigt, um es aus dem Vorraum zur Hölle zurückzuholen, doch Margarita, so impulsiv und ungestüm sie zuweilen auch sein mag, zog die sanftere Methode der Wiederbelebung vor. Als Kind war sie Schlafwandlerin gewesen. Jahrelang war ich richtig stolz darauf gewesen, aber irgendwann hatte ich aufgehört, von ihren nächtlichen Abenteuern zu erzählen. Ab einem gewissen Alter hört man seltsamerweise auf, von seinen Eltern zu erzählen.
Ich blinzelte vorsichtig und fragte:
»Wo bin ich?«
Mama und Edson begannen schallend zu lachen. Das war eines unserer Lieblings-Stichwörter aus Billig-Western.
»Du bist an einem sicheren Ort, Joe«, sagte mein Bruder. »Ruh dich aus, Cowboy. Du hast eine Kugel in die Lunge bekommen und eine weitere in den Schädel, aber du wirst durchkommen. Du bist unser bester Mann.«
Ich lächelte benommen und spürte, dass sich mein Kopf erneut zu drehen begann. Eine Stunde später war der Arzt da, genau genommen die Ärzteschaft in Person: Tatiana Cordabout, die Vertreterin, die sich während der Ferien um die Patienten unseres alten

Doktors kümmerte. Tatiana war genau so, wie eine Tatiana zu sein hat – was fast beweisen könnte, dass die Theorie meiner Mutter über die vorherbestimmende Macht der Vornamen nicht ganz falsch ist. Klein, blond, sehr zierlich und mit einer schmalen Taille, einem enormen Busen und einem hohen, fast schrillen Lachen.

»Könnten Sie uns bitte alleine lassen?«, waren ihre ersten Worte, noch ehe sie ›Guten Tag‹ gesagt hatte.

Mama und Edson zogen sich diskret zurück. Tatiana machte die Tür hinter ihnen zu.

»Hallo, mein Großer, ich heiße Tatiana.«

»Freut mich«, sagte ich mit dem charmantesten Lächeln, das ich aufbringen konnte.

»Nimmst du Drogen?«

»Wie bitte?«

»Ich fragte, ob du Drogen nimmst«, wiederholte sie mit einem strahlenden Lächeln und setzte sich auf mein Bett.

»Nein.«

Sie zog einen Block aus ihrer Tasche und machte sich Notizen.

»Haschisch, Marihuana, Crack, Kokain?«, zählte sie auf, ohne mich anzusehen.

»Nichts«, erwiderte ich. »Ich rauche nicht einmal Zigaretten.«

Sie seufzte tief, und ich hatte den Eindruck, alle Luft würde aus ihr entweichen.
»Also gut, was ist passiert?«, fragte sie mit plötzlich müder Stimme.
Ich zögerte einen Augenblick. Es bedurfte eines kleinen geistigen Check-ups. »Frau Doktor, ich denke immer nur an Geld, ist das schlimm?« »Frau Doktor, ich freue mich über nichts mehr, über das ich mich früher einmal gefreut habe, ist das schlimm?« »Frau Doktor, ich bin eifersüchtig auf meine Eltern, ist das schlimm?« Tatiana saß noch immer am Fußende meines Bettes und betrachtete mich mit ihren großen Augen. Es schien, als sei sie wie versteinert von einer Langeweile, die sie schlagartig überfallen hatte.
»Ich wurde ohnmächtig«, sagte ich schließlich.
»Passiert dir das öfter?«
»Nein, es war das erste Mal.«
»Hast du heute Morgen gefrühstückt?«
»Nein.«
Sie verzog das Gesicht, als wolle sie sagen: »Und wegen so einer Lappalie belästigt man mich?!«
»Hast du Fieber?«
Sie kam mir vor wie eine Maschine, eine Art Roboter, der mit Schaumgummi zu einer weiblichen Gestalt ausgeformt worden war und der nichts anderes kannte als das Programm, das man ihm eingetrichtert hatte.

Nachdem ich brav auf all ihre Fragen geantwortet hatte, bequemte sie sich mich zu untersuchen. Sie holte Stethoskop und Blutdruckmessgerät aus ihrer Tasche und machte sich gewissenhaft an die Arbeit.

»Gib mir deinen Arm.«

Als sie meine Blutdruckwerte auf dem Messgerät sah, wurde sie stutzig. Man hätte meinen können, dass mein Fall sie plötzlich doch wieder interessierte.

»Du bist verliebt!«, rief sie aus und sprang dabei hoch wie von der Tarantel gestochen.

Da ich nicht reagierte, setzte sie sich wieder und begann zu erklären.

»Ich mache eine Studie über das Abfallen des Blutdrucks bei hormonellen Problemen von Jugendlichen«, sagte sie.

Ich nickte, um sie nicht zu kränken, aber einen Zusammenhang mit meinem Fall sah ich nicht.

»Hormone, weißt du, was das sind?«

Ich nickte wieder, und sie nutzte mein Zögern, um mir einen längeren Vortrag zu halten. Am Ende ihrer Erklärungen hatte ich etwas erfahren, das ich längst wusste: dass nämlich in meinem Kopf ein riesiges Chaos herrscht – wie auch im ganzen restlichen Körper – und dass mir niemand helfen konnte, da wieder herauszukommen.

»Nur die Zeit«, sagte sie mit geheimnisvoller Miene. »Nur die Zeit kann die Dinge ändern. Sei geduldig und vor allem …« (und jetzt sprach sie ganz leise, als habe sie Angst, mein Bruder oder meine Mutter könnten sie hören) »… bleib im Bett, so lange du willst.«

Nach diesen Worten schwirrte Tatiana wieder von dannen und in meinem Zimmer blieb der Duft ihres widerlich süßen Parfums zurück. Ich saß gegen einen Berg von Kopfkissen gelehnt, die meine Mutter als Ruheplatz für meinen armen, kranken Kopf zurechtgelegt hatte, und konzentrierte mich auf meine Hormone. Um ihre Bewegungen und Reaktionen besser analysieren zu können, stellte ich sie mir als kleine Soldaten vor – furchtlos und ängstlich zugleich, eine Art Armee von Zwergkojoten, die ganz versessen darauf sind, Horden von eingebildeten, wieselflinken und schnippischen Roadrunners zu fangen. Meine Hormone waren wie Tausende von Abbildern meiner selbst in mir, in Kleinformat, die über Regenwetter oder Sonnenschein in meinem Körper bestimmten: ein Regiment, gespalten zwischen der Pflicht zu dienen und dem Wunsch zu rebellieren. War ich verliebt? Aber in wen? War das nun gut oder schlecht?

Um Gewissheit zu erlangen, beschloss ich, meine geheime Armee eine Übung machen zu lassen, eine Art Simulation des Ernstfalls. PO-CA-HON-TAS,

sagte ich in Gedanken vor mich hin, konzentrierte mich dabei vor allen Dingen auf die Haut an ihrem Hals und bewegte mich dann langsam aufwärts in Richtung ihres ovalen Gesichtes. Unbedeutende Truppenbewegung, keine Panik in den Reihen, leichte Hitzewallungen in Höhe der Stirn, Zittern in den Fingerspitzen. Keine besonderen Vorkommnisse. SAND-RA. Totaler Black-out, Funkstille.
»Du scheinst der erste Fall von Herbstgrippe dieses Jahres zu sein. Glückwunsch!«, sagte Mama, als sie mein Zimmer betrat. »Hier, ich habe dir ein Glas heiße Zitrone und ein Aspirin gebracht.«
Ich schluckte die Arznei und dachte dabei, dass das Lügen heutzutage eine erstaunlich verbreitete Angewohnheit zu sein schien.

Nach zwei Tagen im Bett hatte ich langsam die Nase voll. Aus Angst sich anzustecken, ließ Edson sich so gut wie nie bei mir blicken. Mama war arbeiten und das Telefon schwieg beharrlich. Ich las die beiden Theaterstücke, die für dieses Jahr auf dem Lehrplan standen, und einen der drei Romane: *Eugénie Grandet* von Balzac. Bücher, die ich für die Schule lesen muss, finde ich normalerweise ziemlich langweilig. Wenn ich sie aufschlage, ist es, als würde mein Gehirn in Habacht-Stellung gehen, so nach dem Motto: Versuch gar nicht erst etwas zu verstehen, es ist uninteressant, es ist ja nur für die Schule. Bücher, die ich unter diesen Voraussetzungen lese, halten sich nicht länger als zehn Tage in meinem geistigen Kühlschrank, wobei zehn Tage schon hoch gegriffen ist. Im Großen und Ganzen verschwinden sie, als hätten sie nie existiert, sobald sie in der Schule abgehandelt sind. Doch mit diesem hier war es anders. Den Vater Grandet konnte ich sehr gut verstehen. Er stand mir sehr nahe. In gewisser Weise war er auf seine Art auch ein bisschen ein Kojote: Alle hassten ihn und das Buch war offensichtlich nur geschrieben worden, damit alle Welt erfuhr, was für ein Superschuft er war; aber ich konnte ihn gut verstehen. Seine Geldsorgen, seine Angst, keines mehr zu haben – das geht ins Bodenlose; dagegen fallen die läppischen Liebesgeschichten, die Mutter Eugénie von sich erzählt, kaum ins Gewicht. Ich konnte mich wahnsinnig gut in ihn hineindenken. Allerdings machte mir der Stil des Buches anfangs etwas zu schaffen. Sätze wie: »Armes Kind! An die Freuden des Luxus gewöhnt, kennt er keine der Entbehrungen, zu denen wir beide durch unser frühes Elend verdammt wurden ...« würden Kevin, Djamel oder auch Fabien zum Beispiel nicht lesen können, ohne sich vor Lachen in die Hosen zu machen. Ich hingegen fragte schon bald, warum man heutzutage nicht mehr so sprach. Warum musste heute alles einfach und schnell sein?

Wenn man wie ich tagelang ohne Gesellschaft und Unterhaltung ist, dann prägt sich einem diese rhythmische Sprache, die Gefühle beschrieb, als wären sie reelle, sichtbare, konkrete Dinge, wie eine Musik ein, und zwar aufgrund von Worten, die ich zwar verstand, selbst aber niemals verwendet hätte. Ich gewöhnte mich an die Dialoge der Romanfiguren und fing in Gedanken an zu sprechen wie sie. »Wenn es kein Elend ist mit anzusehen, wie ein schöner junger Mann vor Sorge zugrunde geht, ohne dass ihm ein Bruder oder ein Freund zu Hilfe käme.« (Dieser Satz stammt natürlich von mir.) Ich schwebte in höheren Regionen. In mein Zinsbuch, das ich in ein Sammelbändchen für unvergängliche Gedanken umgewandelt hatte, schrieb ich seitenweise meine Gedanken nieder – ohne Anfang und Ende –, Gedanken über die Liebe, das Geld, die Kindheit und das Älterwerden. Ich fragte mich das eine oder andere Mal, ob Tatiana ihre Diagnose nicht etwas zu leichtfertig gestellt hatte. Ich hatte ganz schön hohes Fieber und alle meine Knochen zitterten und taten weh. Nur die Liebe als Erklärung für solche Symptome schien mir nicht ausreichend.

Ich, Louis Desruelles, Erzfeind von Klischees jeder Art, hatte diesbezüglich eine ganz eigene Meinung. Meiner Ansicht nach war die Liebe nichts Schmerzhaftes. Das war eine Erfindung von Romanschriftstellern und amerikanischen Filmproduzenten, um ihre Geschichten länger und komplizierter zu machen. Liebe machte einen glücklich, man bekam Appetit und rote Backen. Folglich hatte ich eindeutig eine Grippe. In so einem Moment wird einem dann oft klar, dass die Lüge der Vater, Sohn oder kleine Bruder der Wahrheit ist. Die Frau Doktor hatte zu Mama gesagt, ich hätte eine »Grippe«, um mir meine Intimsphäre zu lassen, und mit Hilfe eines alten Virus, den ich wer weiß wie lange schon mit mir herumgeschleppt hatte, hatte ich dafür gesorgt, dass sie Recht behielt. »Braver Junge«, sagte ich zu mir selbst und klopfte mir dabei in Gedanken auf die Schulter.

Der Rest der Ferien reduzierte sich auf eine undefinierbare, fade »Suppe« von Tagen. Jeden Morgen hoffte ich beim Erwachen wieder gesund zu sein, aber mit jedem neuen Tag tauchte ein neues Symptom auf. Ich war zu einem regelrechten Brutherd für Krankheitserreger geworden. Laufende Nase, trockener Husten, Husten mit Auswurf, Kopfschmerzen. Andererseits hatte ich es nicht eilig mit dem Gesundwerden, da es nichts Dringendes und im Grunde überhaupt nichts in den Ferien zu tun gab; meine finanziellen Aussichten und meine Hoffnung auf Rückzahlungen waren gleich null. Es war wirklich zum Verzweifeln!

Als Edson in meinem Zimmer erschien (ich war schon fast wieder gesund und hatte den Tag am Schreibtisch und vor dem Fernseher verbracht) und mit Eintrittskarten ins Stadion wedelte, sprang ich weder vor Überraschung und Freude auf noch fiel ich ihm um den Hals. Ich setzte lediglich mein Ach-du-erinnerst-dich-dass-es-mich-noch-gibt-Gesicht auf. Er hatte eine solche Angst gehabt sich anzustecken, dass es schon fast verdächtig war.

»Paris St. Germain – Galatasarai, Mensch! Supergute Plätze! Mein Trainer hat ein gutes Wort für mich eingelegt. Sein Schwager ist nämlich Sportmoderator. Mann, freust du dich nicht?«

»Klar, riesig, megamäßig«, antwortete ich und zwang mich cool zu bleiben. Ich hatte keine Lust, dieser treulosen Tomate eine Freude zu bereiten.

»Ein Wahnsinns-Match, Louis! Im Stadion des Princes! Auf der Pressetribüne! Irre, nicht wahr?«

Ich spürte, dass mich langsam eine gewisse Aufregung packte, aber ich wollte mir nichts anmerken lassen.

»Superklasse«, erwiderte ich, ohne das Gesicht zu verziehen und mit eisiger Stimme.

Mein Bruder war beleidigt. Er war ja nicht blöd.

»Wenn du nicht willst«, sagte er, »ist das kein Problem. Ich habe noch mindestens zehn andere Leute auf meiner Warteliste stehen.«

Aufgepasst! Was für ein Schlitzohr!

Mit einem Satz stand ich auf und riss ihm eine der Karten aus der Hand.

Mit einer tiefen Verbeugung ging Edson rückwärts auf meine Zimmertür zu.

»Ich werde Euer Hoheit in zehn Minuten abholen kommen. Im Übrigen würde ich es begrüßen, wenn Euer Hoheit die Güte hätten, sich etwas anderes als den alten löchrigen Pyjama anzuziehen. Und falls Euer Hoheit nicht zu müde ist, würde ich vorschlagen die Metro zu nehmen, denn mit dem Rolls könnten wir in einem Stau an der Porte de Saint-Cloud stecken bleiben.«

»Du kannst dich zurückziehen, Firmin«, erwiderte ich mit einer wegwerfenden Handbewegung.

Ich sprang in meine Jeans und fühlte mich wie neugeboren. Während meiner Krankheit war ich um mindestens vier Millimeter gewachsen. Gleich würde ich mich im Tempel des Sports laben können, meine Kriegerseele wieder finden und die notwendigen Kräfte schöpfen, um meinem Heer von Schuldnern entgegenzutreten.

»Vier zu zwei beim Hinspiel geschlagen«, sagte Edson in der Metro in verschwörerischem Ton. »Jetzt müssen sie mindestens ein Zwei-zu-null schaffen! Wir werden sie dabei unterstützen.«

»Das werden wir«, sagte ich. »Wir werden sie anfeuern, du wirst schon sehen. So ein Publikum wie uns haben die noch nie erlebt.«

In mir regte sich wieder ein schwaches Gefühl der Brüderschaft, etwas, das mich mit ausgestrecktem Arm vorwärts stieß, wie eine zweite Hand. Ich betrachtete Edson, der zum tausendsten Mal die Aufstellung der Mannschaften in der Zeitung las; genau genommen sahen wir uns ganz schön ähnlich. Zwei Variationen des gleichen Themas, er in hell, ich in dunkel, er runder, ich spitzer. Was bei uns genau übereinstimmte, waren die Grübchen in den Wangen, die sich bildeten, wenn wir lächelten, und die drei Viertel aller Mädchen auf dieser Erde vor Liebe dahinschmelzen ließen. Allerdings scheint mir bisher nur das verbleibende, schlechtere Viertel über den Weg gelaufen zu sein.

»Übrigens, ich muss dir noch etwas sagen«, meinte Edson plötzlich, ohne von seiner Zeitung aufzublicken, was mich Schlimmes befürchten ließ. »Muriel kommt auch.«

»Muriel, wer ist das?«

Grübchen zeichneten sich auf Edsons Wangen ab, aber nicht etwa, weil er lächelte. Er presste den Kiefer so sehr zusammen, als wolle er sich dreiundfünfzig Zähne ausbeißen.

Es dauerte ein paar Sekunden, bis er es schließlich ausspuckte:

»Muriel, ich hab dir doch schon von ihr erzählt. Sie wohnt in Antibes.«

»Ach, die Alte?«

»Bist du doof, oder was?«

»Oder was«, antwortete ich mechanisch.

»Nein, nicht oder was. Nicht heute Abend. Heute Abend bist du echt doof.«

Er war nicht laut geworden, wofür ich ihm ziemlich dankbar war; ein Skandal in der Metro, das war nicht so sehr mein Fall. Fieberhaft überlegte ich, wie ich die Schlappe wieder gutmachen konnte.

»Alte, das war doch keine Beleidigung. Du hast es das letzte Mal selbst gesagt ...«, wagte ich einen ungeschickten Versuch.

»Du bist nicht doof«, sagte Edson. »Ich habe mich getäuscht. Du bist superdoof.«

Ich musste unwillkürlich grinsen.

»Es ist völlig egal, ob sie alt oder jung ist, verstehst du?«, redete er weiter. »Sie ist ein toller Mensch. Sie ist keine austauschbare Puppe. Sie könnte schon fünfundvierzig sein oder erst vierzehn, das ist unwichtig.«

Er nervte mich zwar ziemlich, aber ich schwieg wohlweislich. Ich musste etwas vorsichtiger sein.

»Bist du verliebt?«, fragte ich und hatte das seltsame Gefühl, als sei ich von meinem Sitz aufgestanden, um mich vor allen Leuten nackt auszuziehen.

»Unsterblich«, erwiderte Edson.

Offensichtlich war die Liebe für ihn eher etwas Schmerzhaftes als etwas Angenehmes. Aber ich behielt diesen Gedanken lieber für mich. Auch wenn es vielleicht etwas scheinheilig gewesen wäre, hätte ich ihm liebend gern den Arm um die Schultern gelegt, aber das war nicht möglich. Er war unantastbar geworden. Er gehörte mir nicht mehr.

Edson hatte an der Bushaltestelle gerade zum zehnten Mal auf seine Armbanduhr geblickt, als seine Traumfrau endlich antanzte. Ich erstarrte zu Eis, fühlte meine Finger nicht mehr und klapperte mit den Zähnen wie ein Kastagnettenspieler. Wenn jemand alt war, dann sie, mit ihren hohen Absätzen und ihrem Pelzkragen. Mit einem dümmlichen Lächeln im Gesicht kam sie – tick-tack-tack – auf ihren Stelzen auf uns zugetrippelt. Edson und sie fielen sich um den Hals, wie in einem Film von Lelouch, und ich tat so, als sei ich nicht da. Mannohmann! Fünf Minuten lang klebten sie Mund an Mund. Mein Bruder war zu einer Schnecke geworden. Ich bekam langsam Angst, wir könnten den Beginn des Spiels verpassen.

»Muriel, darf ich dir Louis, meinen kleinen Bruder vorstellen?«

Vielen Dank für das ›klein‹, dachte ich und ergriff ihre ausgestreckte Hand, wagte aber nicht, ihr dabei ins Gesicht zu schauen. Eigentlich hatte sie keine Falten oder so. Wie ich mit einem flüchtigen Blick feststellen konnte, war sie sogar recht hübsch. Sie hatte rote Locken, die ihr ins Gesicht fielen, und große, weit auseinander stehende Augen.

»Ich gehe heute zum ersten Mal zu einem Fußballspiel«, sagte sie zu mir.

Ich ersparte mir die Bemerkung, dass man ihr das ansah; ich wollte mir nicht noch Edsons letzte Sympathien verscherzen.

»Ich hoffe, dass es dir gefallen wird«, sagte ich nur und bewegte mich in Richtung Stadioneingang, damit die beiden allmählich wieder in die Wirklichkeit zurückkehrten.

Sie gingen ein Stück hinter mir und ich hätte schwören können, dass sie sich an der Hand oder – schlimmer noch – um die Taille hielten. Ich überlegte, warum mein Bruder wohl diesen Abend zu dritt organisiert hatte. An seiner Stelle hätte ich mir nicht das Baby vom Dienst aufgeladen. An seiner Stelle hätte ich meine Freundin auch nicht zu einem Fußballspiel geschleppt. Aber an seiner Stelle hätte ich allerdings auch keine Freundin gehabt, die wie eine feine Dame aussieht und einen südfranzösischen Akzent hat.

»Mein Flieger hatte Verspätung, ich dachte schon, ich würde nie ankommen …«

Nach jedem zweiten Wort musste sie lachen, ehe sie weitere Banalitäten von sich gab.
»Es ist wirklich genial, wenn man ohne Gepäck reist! Ich kam mir vor wie eine Spionin.«
»Wie aufregend, mein Täubchen«, dachte ich.
»Ist dir nicht kalt? Ihr habt hoffentlich nicht zu lange warten müssen?«
Einen Augenblick spielte ich mit dem Gedanken auf dem Absatz kehrtzumachen, um die beiden ihrem erhebenden Geplänkel zu überlassen, aber PSG / Galatasarai – das gab es schließlich nicht alle Tage, und dann, mit mir auf der Tribüne, da hatte unser Club eine reelle Chance, den anderen einmal richtig eins auszuwischen. Also schaltete ich meine Ohren auf Position »Innenverschluss« und setzte mein Guter-Junge-Lächeln auf.
Auf der Pressetribüne kommt man sich vor wie in einem Traum – oder besser noch, gerade weil es ja kein Traum ist: Man ist direkt vor Ort. Die Atmosphäre war unheimlich spannungsgeladen. Von meinem Platz aus konnte ich fast den Gesichtsausdruck der Spieler sehen. Meiner Ansicht nach entscheidet sich vieles unmittelbar vor dem Anpfiff. Das ist ein bedeutungsvoller Moment, der äußerste Konzentration verlangt, sowohl von Seiten der Spieler als auch von Seiten der Fans. Ich saß kerzengerade da, hatte die Augen auf den Ball in den Händen des Schiedsrich-

ters gerichtet und atmete ruhig in den Bauch, wie es mir mein Judolehrer in der ersten Klasse beigebracht hatte. Doch trotz meiner Bemühungen cool zu bleiben, verkrampften sich meine Hände in meinen Sitz, denn in meinem linken Ohr drang ein unablässiges und durchdringendes Surren an mein Trommelfell, und zwar durch die Blockade hindurch, die ich beim Betreten des Stadions in meinen Ohren errichtet hatte und die normalerweise absolut zuverlässig war. Wirklich, wenn ich beschließe, taub zu sein, dann höre ich tatsächlich nichts mehr, absolut nichts. Mama meinte, das sei typisch männlich, und ich finde es gar nicht schlecht, im Gegenteil. Doch jetzt fiel es mir nach einer Weile immer schwerer, gegen das Eindringen dieses Fremdkörpers in mein mentales Universum anzukämpfen. Vergeblich wiederholte ich mir immer wieder die Schlüsselsätze (konzentriere dich, spiele den Ball, geh auf Manndeckung schon gleich zu Beginn des Spieles, sei auch während der Spielpausen auf der Hut) – völlig andere Worte als jene, die ich hören wollte, drangen an mein Ohr: »Mein kleiner Kater, du weißt, dass ich dich liebe, wenn du so bist ... du bist so zärtlich und du hast mir so gefehlt ... als ich den Flugplatz sah, begann mein Herz wie wild zu klopfen ... du hast so weiche Hände ...« Verflixt und zugenäht, bring sie endlich zum Schweigen, versuchte ich im Geiste meinem Bruder mitzu-

teilen. Er kam meinem Befehl nach – was mir beruhigenderweise bestätigte, dass unser telepathischer Kontakt nach wie vor funktionierte –, aber nicht in der Art und Weise, wie ich es gewollt hätte. Anstatt ihr klipp und klar zu sagen: »Hör zu, Muriel, das hier ist eine ernste Angelegenheit, also hör auf, mir in die Ohren zu zwitschern, hier spielt nämlich Paris St. Germain und in dreißig Sekunden ist Anpfiff«, hat er ihr wiederum den Mund verschlossen. Ich habe nicht hingeschaut, weil ich es ehrlich gesagt widerlich finde anderen beim Küssen zuzuschauen, noch dazu wenn es sich um meinen Bruder handelt, aber ich habe es gehört. Aus dem Augenwinkel heraus sieht man mehr als genug, um zu wissen, was Sache ist. Mich traf fast der Schlag. Junge, Junge, da müssen wir mindestens ein Zwei-zu-null gegen Galatasarai erzielen und Edson hat nichts Besseres zu tun, als Raupe auf einem Kohlblatt zu spielen. In was für einer Welt leben wir eigentlich?
Überragendes Spiel, Leonardo ein Weltklasse-Spieler. Beim ersten Tor des PSG sprang ich von meinem Sitz auf und warf beide Arme in die Luft. Edson reagierte mit etwa einer halben Sekunde Verzögerung – eine unverzeihliche halbe Sekunde – und begnügte sich damit, die Faust zu heben, ohne seinen Hintern hochzubekommen. Ganz schön hart für mich! Zweites Tor, man wagt es kaum zu glauben, mit stocken-

dem Atem verfolge ich den Ball auf seinem Flug ins Tor, um dann in ein vorgeschichtliches Geheule auszubrechen, als er die Torlinie passiert. Edson hat nichts gesehen, seine Nase steckte tief im Pelzkragen. Schimpf und Schande über unsere Familie! Drittes Tor, vorläufiger Einzug ins Paradies, das ganze Stadion ist wie im Delirium – wie man so schön sagt –, aber ich beginne seltsamerweise zu frösteln. Um Edson brauchte man sich keine Sorgen zu machen, er war inzwischen komplett in den Mantel seiner Freundin eingetaucht und es kam ihm nicht in den Sinn, seine Höhlenforschungen kurzzeitig zu unterbrechen, um zu bemerken, dass wir gerade dabei waren, ein Jahrhundertspiel hinzulegen. Viertes Tor – definitiver Einzug in den siebten Himmel! Ich sage nichts, ich falle nicht in den Chor der Siegeshymnen ein, ich betrachte meine Hände und überlege, wie sie wohl aussehen, wenn ich fünfundvierzig bin. Meine Augenlider sind schwer, meine Füße eiskalt und ich wäre am liebsten nach Hause gegangen. Edson und Muriel, deren Leidenschaft einen rätselhaften Moment lang erlahmt, stoßen in einem etwas ungünstigen Moment einen Freudenschrei aus und erheben sich von ihren Plätzen, um zu applaudieren. Was für eine Heuchlerin, dieses Mädchen, sage ich mir, ihr ist PSG doch so egal wie nur etwas!

Warum Edson mich zu diesem beschissenen Abend

eingeladen hatte, ist mir noch immer ein Rätsel. Mir wäre es tausendmal lieber gewesen, ich hätte mir das Spiel ganz entspannt vor dem Fernseher anschauen können, mit einer Tüte Chips und einer Flasche Coca-Cola – vertrauenswürdigere und außerdem ehrlichere Begleiter als Muriel und Edson. Als wir das Stadion verließen, schlugen sie vor, noch etwas trinken zu gehen. Ich schaute sie an, als seien sie gerade vom Mars gefallen, und stieg allein in die Metro.

Mit Edson habe ich nie wieder darüber gesprochen. Zwei Tage später fuhr er nach Nizza zurück. Dieses Mal fuhr ich mit zum Flughafen, und als er die Abflughalle betrat, war ich richtig erleichtert. Er drehte sich noch einmal um und winkte Mama und mir zu. Ich mochte ihn fast so sehr wie früher. Ich sah, wie seine blauen, runden und naiven Augen uns fotografierten, und dachte mir, dass von nun an jeder von uns sein eigenes Leben führte. Seltsam, dieser Gedanke schmerzte mich überhaupt nicht. Ich fand ihn sogar ziemlich spannend. Zwei sind besser als eines, sagte ich mir.

Zehn

»Ferien sind was Komisches«, sagte Sandra.

»Findest du?«, erwiderte ich. »Für mich waren sie die Hölle.«

»Nein, damit will ich sagen, dass es komisch ist, wenn man sich vierzehn Tage lang nicht sieht.«

Wie Recht du hast, Sandra, dachte ich. Zum Beispiel hatte ich in nur vierzehn Tagen fast vergessen, wie anders du bist. Im ersten Moment hatte ich ganz vergessen, dass du nicht der Typ Mädchen bist, der antworten würde: »Wirklich, die Hölle? Wie das?«, wenn dein Nachbar dir Einblick in sein Privatleben gibt. Du hast hundertmal Recht, Sandra, wie immer. Mit einem bestimmt etwas einfältigen Gesichtsausdruck wartete ich darauf, dass sie mir noch weitere Überraschungen präsentieren würde.

»Du hast dich verändert.«

Im ersten Augenblick fand ich, dass dies die schönsten Worte waren, die mir je gesagt worden waren. Und Sandra sagte sie, ohne rot zu werden. Sie schaute auch nicht weg, auch dann nicht, als ich rot wurde. Sie lächelte nur.

»Weißt du, was ich meine?«

»Sandra, *please*«, unterbrach uns die Verpuits, *»can you tell us why the Hotel California is a metaphor?«*

Sandra wusste keine Antwort. Sie hatte von Beginn der Stunde an nicht zugehört, aber dank ihrer hypnotischen Stimme – sie hätte der Schlange Kaa alle Ehre gemacht – gelang es ihr, die Verpuits einigermaßen zu besänftigen.

»Ich war krank«, erklärte ich Sandra mit einer gewissen Verspätung.

Sie schüttelte den Kopf, ganz langsam, doch dabei leuchteten ihre Augen wie eh und je. In diesem Moment ging mir etwas so Blödes durch den Kopf, dass ich lauthals lachen musste. Ich erinnere mich noch genau: Ich schaute sie an und hörte die Stimme von Oma Arlette sagen: »Sie ist niedlich zum Anbeißen«. Ich hatte diesen Ausdruck immer für völlig schwachsinnig gehalten; man aß doch nichts, nur weil es niedlich aussah, da bestand doch kein Zusammenhang. Doch jetzt, bei Sandras Anblick, begriff ich plötzlich, was es hieß, jemanden auffressen zu wollen.

»Was ist?«, fragte sie.

»Nichts«, antwortete ich.

Es war unglaublich einfach, eine Unterhaltung mit Sandra zu beenden, denn sie war nicht neugierig. Oder war sie nur diskret? Wenn man ein endgültiges Wort wie »ja«, »nein« oder »nichts« sagte, hakte sie nur ganz selten nach. So auch jetzt. Sie wandte den Kopf der Tafel zu und begann in ihrem Federmäppchen zu kramen. Wunderbares Geklapper. Ferien sind etwas Komisches, wiederholte ich im Geiste und bemerkte plötzlich, wie sehr ihr Geklapper mir gefehlt hatte. Dafür, dass heute der erste Schultag nach den Ferien war, war ich erstaunlich ruhig. Nicht ein einziges Mal schlug ich meinen Kreditblock auf – was übrigens auch deshalb nicht nötig war, weil er sich mittlerweile in eine Sammlung von Pseudogedichten verwandelt hatte. Ich versuchte auch nicht, mit meinen Schuldnern zu reden, noch warf ich ihnen viel sagende, drohende Blicke zu. Ich war im Unterricht meist bei der Sache. Es gab nur einen Punkt in meinem Verhalten, ein Detail, durch den man mich vom Rest der Herde hätte unterscheiden können, und das waren die äußerst strengen Sicherheitsnormen, die ich mir auferlegt hatte und die mir inzwischen fast zu einer zweiten Natur geworden waren: Ich hielt mich immer am Geländer fest, wenn ich eine Treppe hinauf- oder hinunterging; ich betrat oder verließ ein Klassenzimmer stets als Letzter, um Rempeleien zu vermeiden; während der kleinen Pausen setzte ich mich in eine Ecke und las oder diskutierte mit Sandra; und außerdem hütete ich mich davor, der Tafel zu nahe zu kommen. Doch trotz meiner ständigen Vorsicht bei jeder Bewegung wurde ich nicht mehr wie früher von Angst fast aufgefressen. Die Sprechende Grille hatte das Ruder wieder übernommen und verriet mir eine ihrer kleinen Grundregeln, deren Geheimnis nur sie kannte: »Es bringt nichts, sich verrückt zu machen. Am Ende der Woche wirst du die 300 Francs von Madame Kinterlaffen kassieren. Dann kannst du die Versicherung bezahlen, und diese neue Ausgangsposition erlaubt es dir auch, dir Kevin, Djamel und Walter vorzunehmen.«

So nach und nach schlich sich eine gewisse Lebensfreude in meine Tage ein. Ich wusste nicht, ob die unmittelbar bevorstehende Befreiung oder mein regelmäßiger Fortbildungskurs in chinesischer Philosophie mit Sandra dazu beitrugen oder vielleicht auch der unerwartete Wintereinbruch, der dem Altweibersommer ein jähes Ende bereitete und die Kaminfeuer wieder entfachen ließ, der die Stille des Schnees und die Schönheit der Raureifzeichnungen auf den Fensterscheiben in neuem Glanz erstrahlen ließ. Ich war ruhig und aufmerksam, vielleicht etwas selbstsicherer als früher. Insgeheim gestand ich mir eines Abends sogar ein, dass meine neue Lebenseinstellung durchaus erwachsene Züge hatte. Zwischen Entsetzen und Stolz hin- und hergerissen, beschloss ich etwas zu tun, das eine gewisse Reife voraussetzte: Ich würde Papa anrufen und ihm sagen, dass ich von dem Baby wusste.

»Hallo, Papa?«

»Oh! Wie geht's, mein Großer?«

»Du hast meine Stimme erkannt?«
»Nicht unbedingt, aber ich hatte mir gewünscht, dass du es bist.«
Ich hatte Glück, er schien bester Laune zu sein.
»Ich … ich wollte dir etwas sagen.«
»Du willst, dass ich dich abholen komme? Klar, wir können uns sehen, wenn du möchtest. Du weißt, dass wir uns auch außerhalb der Wochenenden sehen können, wenn alle einverstanden sind, und deine Mutter ist augenblicklich …«
Sag nicht zu viel, Papa, dachte ich.
»Ja, ich weiß. Mama … Macht es dir etwas aus?«
»Was meinst du?«
»Ach, nichts.«
»War es das, was du mir sagen wolltest? Ich kann kommen, wenn du willst.«
»Nein, nein, du brauchst nicht zu kommen. Das heißt, nicht dass du denkst, ich wollte dich nicht sehen, aber …, na ja, morgen habe ich Schule und so und folglich …«
»Hey, bist du sicher, dass alles in Ordnung ist mit dir, Louis?«
That is the question, wie mein Bruder so schön sagen würde, nur dass die Antwort darauf heute Abend nicht im Programm stand.
»Mir geht es blendend, aber ich weiß nicht, wie …«
»Es ist schwer, mit den Eltern zu reden, was?«

Er hat den Nagel auf den Kopf getroffen, dachte ich. Er ist irgendwie doch ein toller Vater. Eigentlich gab es keinen Grund dafür, weshalb es so schwierig war, mit ihm zu reden. Wenn man Eltern hat wie ich, sollte es ein Kinderspiel sein. Ich kenne sie seit meiner Geburt. Ich bin mir absolut sicher, dass sie mich lieben. Sie sind intelligent und verständnisvoll. Außerdem sind sie noch recht jung. Und trotzdem gibt es da ein Problem, das ich allerdings nicht erklären kann: Sobald es um persönliche Dinge geht, fühlt man sich plötzlich furchtbar unwohl, als hätte man nicht das Recht, gewisse eigene Vorstellungen im Kopf zu haben, als müssten die zwei Welten hermetisch voneinander abgeschlossen bleiben. Als müssten wir für unsere Eltern bis in alle Ewigkeit Kinder bleiben.

»Edson hat mir von dem Baby erzählt.«

Papa schwieg. Ich vermutete, dass er zu gerührt war und ärgerte mich ein bisschen über mich selbst, weil ich mich wie in einem Hollywoodfilm benommen hatte, so nach der Art: ›Ich rufe an um dir zu sagen, dass ich dich liebe.‹ Fast hätte ich mich ein bisschen geschämt.

»Danke, mein Louis. Denn, stell dir vor, manchmal ist es auch nicht einfach, mit seinen Kindern zu reden.«

Du sagst es, mein Alter, dachte ich. Im Übrigen war

ich fest entschlossen, so etwas nicht so bald zu wiederholen.
»Also dann, Papa, ich sag tschüss.«
»Vera lässt dich grüßen«, sagte er, um mich zu prüfen.
»Ah«, gab ich etwas undurchschaubar zurück.
Als ich auflegte, durchzuckte mich das idiotische Gefühl, dass Papa, Edson und ich ganz prima Kerle waren. Ich dachte, wenn ich Sandra erst einmal ein bisschen besser kennen würde, dann könnte ich ihr solche Dinge bestimmt erzählen. Sandra war nämlich auch ein prima Kerl – auf ihre Art natürlich.
Das letzte Hindernis, das noch quer über der langen Straße lag, die zu meinem Glück führte, würde sich bald in nichts auflösen. Ich hatte einen Plan. Nun ja, ›Plan‹ war vielleicht zu viel gesagt; sagen wir einfach, ich wusste, wie ich es anstellen würde. Ich würde mich nach der Nachhilfestunde mit Alice ganz einfach ins Wohnzimmer setzen und dort warten, bis Madame oder auch Monsieur Kinterlaffen nach Hause kämen, anstatt wie sonst einfach nur unter der Eingangstür Pocahontas' Abschiedsküsschen in Empfang zu nehmen. Ich war wirklich zu allem bereit. Für den Fall, dass die Eltern bis spätabends unterwegs waren, hatte ich mir überlegt, einen an sie gerichteten Brief zu hinterlassen. Das würde die Lösung meines Problems zwar um eine Woche verzö-

gern, aber darauf kam es inzwischen auch nicht mehr an. Ich hatte Nerven wie Drahtseile. Allerdings würde ich lügen, wenn ich behaupte, ich hätte keinerlei Bammel gehabt. Ich war mir zwar absolut sicher, dass meine Verhandlungen mit dem einen oder dem anderen Elternteil gut verlaufen würden, aber hinsichtlich der Wartezeit, die ich mit Pocahontas im Wohnzimmer verbringen würde, hatte ich so meine Zweifel.

Zu jeder neuen Unterrichtsstunde ließ sie sich etwas Neues einfallen: Einmal hatte sie ein T-Shirt unterhalb der Brust abgeschnitten, so dass der Bauchnabel zu sehen war, in der darauf folgenden Woche hatte sie sich die Augen wie eine Ägypterin geschminkt und warf mir glühende Blicke zu; ein andermal war es ein Schwindelanfall – »Ah, wie komisch, ich sehe alles verschwommen« und peng, ich falle in deine Arme und warte auf die Mund-zu-Mund-Beatmung; während der letzten Stunde war es ihr sogar gelungen, etwas Schönes auf der Geige zu spielen – eine Heldentat, die mich derart überrascht hatte, dass ich sie beinahe dafür geliebt hätte. Etwas in meinem Inneren sagte mir, dass ich, wenn ich heute Abend länger blieb, ernsthaft Gefahr lief vergewaltigt zu werden, und ich war mir nicht sicher, ob mir das recht gewesen wäre. Während ich mich psychologisch auf die Operation »Blitz-Geldübergabe«, wie ich sie getauft hatte, vorbereitete, sah ich mich immer wieder mit dieser viertel-, halb- oder gar ganzstündigen Wartezeit konfrontiert. Ich stellte mir bildhaft vor, wie ich im Wohnzimmer saß, Pocahontas hungrige Blicke auf mich gerichtet, ihr sozusagen hilflos ausgeliefert, ohne Schnüre an das Ledersofa gefesselt.

»Möchtest du eine Cola?«, würde sie mich wie jedes Mal fragen, nur dass ich dieses Mal schlecht ablehnen konnte.

»Ja, gerne.«

»Ist es dir nicht zu langweilig so allein? Wenn du willst, leiste ich dir Gesellschaft.«

Sie setzt sich auf meine Knie und von da an kann ich leider nicht mehr weiterdenken. Selbst in Gedanken fällt es mir schwer, mir diese Szene auszumalen. Zum Glück würde Alice da sein und mich retten; in den fünf Nachhilfestunden, die ich ihr bisher gegeben hatte, war sie zu einer treuen Verbündeten geworden.

*

Als wir am Freitagnachmittag das Schulgebäude verließen, bat ich Sandra um ihre Telefonnummer.

»Ich möchte dich auf dem Laufenden halten«, gab ich als Grund an. »Für den Fall, dass es klappt, weißt du. Dann kann ich dir am Montag dein Geld zurückgeben.«

»Ich kann warten«, sagte sie, schrieb aber trotzdem ihre Nummer auf ein Stück Papier.
»Ich rufe dich an, sobald ich zu Hause bin, okay?«
»Wenn es dir Freude macht«, antwortete sie etwas verträumt.
Worte, die Sandra in den Mund nahm, bekamen systematisch einen neuen Sinn. Wenn sie zum Beispiel »Auf Wiedersehen« sagte, dann hörte man das Verb »wieder sehen« deutlich heraus, und plötzlich war es etwas ganz Besonderes, sich auf diese Weise zu verabschieden und sich dabei anzuschauen. Als sie sagte: »Wenn es dir Freude macht«, hatte ich das nicht nur in dem Sinn verstanden, als wenn sie gesagt hätte ›wenn du Lust dazu hast‹ oder ›wenn du willst‹ oder sonst etwas in dieser Art. Ich hörte in diesen Worten eine Frage oder einen Befehl oder beides, etwa so: »Wenn du mich anrufen willst, dann frage dich, ehe du die Nummer wählst, ob du es aus Freude tust.« Ich nickte etwas erschöpft, aber durchaus zuversichtlich und sagte mir, dass mein Verstand in ein paar Stunden sehr viel wacher sein würde, um die diversen Rätsel zu lösen, die mir Sandra jedes Mal aufgab, wenn sie den Mund aufmachte.
Alice war in Hochform. Sie hatte von sich aus daran gedacht, sich vor dem Unterricht die Hände zu waschen und erwartete mich bereits am Schreibtisch, die Füße ordentlich nebeneinander unter dem Tisch,

und wie sie so mit hoch erhobenem Kopf und verschränkten Armen dasaß, hätte man sie fast für eine Streberin halten können.
»Was ist mit dir los?«, fragte ich überrascht.
»Ich habe einen Fleißpunkt bekommen«, gab sie mir strahlend zur Antwort.
»Gratuliere, Prinzessin«, sagte ich und schüttelte ihr die Hand. »Und wie kam das?«
Um mir ihre Geschichte besser erzählen zu können, setzte sie sich bequem hin, so dass meine alte Alice wieder zum Vorschein kam: ein Fuß auf dem Boden, auf dem anderen saß sie, mit einem Finger zwirbelte sie eine Haarsträhne und mit den Zähnen bearbeitete sie John.
»Gestern sollten wir mit dem Füller das Datum auf den oberen Rand der Seite schreiben. Da habe ich mich ganz arg angestrengt und dann Jean-Henri gerufen, damit er es sich anschaut. Und da hat er mir einen Fleißpunkt gegeben.«
Zum Beweis holte sie ihr Heft aus der Tasche, um mir ihre Glanzleistung zu zeigen. *Donnerstag, den 9. November* stand oben links, ziemlich fehlerfrei, nicht ganz auf der Linie, aber auch nicht ganz und gar daneben; von der 9 aus verteilte sich eine leicht ausgefranste blaue Spur bis zur Mitte des Blattes; und darunter hatte Alice in sehr viel kleinerer Schrift geschrieben: *Das ist mein Geburtstag.*

Sofort richtete ich mich auf, um sie zu umarmen.
»Herzlichen Glückwunsch zum Geburtstag, meine Kleine! Aber warum hast du mir das nicht gesagt? Ich hätte dir ein Geschenk mitgebracht.«
Mir drehte sich der Magen um bei dem Gedanken an einen Spielzeugladen, randvoll mit Fieslingen aus Plüsch, Gummi, Holz und Eisen, die auf nichts anderes warteten als auf Alices Geburtstag, um mich noch tiefer in den Abgrund zu stürzen. Eine Barbiepuppe mit treu-doofem Blick hatte es mir besonders angetan: »Kauf mich, ich koste nur 134 Francs.«
»Aber ich hab doch nur einen Spaß gemacht«, sagte Alice und konnte sich kaum noch halten vor Lachen. »Ich habe das nur gemacht, um einen Fleißpunkt zu bekommen. Ich habe am 2. August Geburtstag.«
Alice, ich liebe dich, dachte ich. Ich versprach ihr, ihr trotzdem etwas zu schenken, denn seltsamerweise erschien jetzt der Gedanke daran nicht mehr so Furcht erregend, nachdem ich wusste, dass ich nicht dazu verpflichtet war. Danach half ich ihr die Hausaufgaben zu machen und wir lasen noch die drei letzten Seiten des Buches *Peter Pan*, nur so zum Vergnügen.
»Weißt du«, sagte Alice, als ich gerade aufstehen wollte, »ich finde es unheimlich toll mit dir zu lernen.«
»Ich arbeite auch gern mit dir. Übrigens, damit wir

noch lange weiter miteinander arbeiten können, habe ich beschlossen, heute auf deine Mama zu warten. Wir werden über dich reden und über die Fortschritte, die du schon gemacht hast. Deine Mutter freut sich doch sicher auch, dass wir so gut zusammen lernen, nicht wahr?«

Alice biss sich auf die Lippen. Sie gab keine Antwort. Mit einer Hand griff sie nach ihrer Haarsträhne und begann, diese wie wild zu zwirbeln, und mit der anderen schnappte sie sich John, von dem allerdings – wie ich zugeben muss – nicht mehr allzu viel übrig war. Wie sie so in sich zusammengesunken inmitten ihres Zimmers saß, sah sie fast aus wie eine Halbverrückte.

»Keine Angst«, sagte ich zu ihr. »Ich bin mir sicher, dass es klappen wird.«

Fromme Lüge. Ich war mir über nichts mehr sicher. Übertraf die Wirklichkeit noch meine katastrophalsten Hypothesen? Welche Art von Eltern konnten Pocahontas und Alice wohl haben? Wenn sich Alice, ihre leibliche Tochter, so sehr vor Madame Kinterlaffen fürchtete, worauf musste ich mich dann gefasst machen, ich, ein Unbekannter, dem sie 300 Francs schuldete? Mir standen kleine Schweißperlen auf der Stirn, als ich in Richtung Wohnzimmer ging. Sobald meine Schritte den Parkettboden in der Diele zum Knarren brachten, verstummte die Serenade für ein sterbendes Schwein und Pocahontas kam zum üblichen Abschiedsritual aus ihrem Zimmer. Sie trug einen Minirock, eine Art elastische Binde, und einen ganz kurzen, eng anliegenden Pulli aus blutroter Wolle. Als ich mich auf das Sofa im Wohnzimmer setzte, sah ich, wie sie ihre großen Rehaugen aufriss. Was sie wohl an mir finden mag, fragte ich verwirrt. Doch je mehr Mühe sie sich gab, mir zu gefallen, desto gleichgültiger ließ mich das komischerweise werden. Ich weiß, dass das ungerecht und abscheulich ist und dass vor mir so mancher Typ schon wegen geringerer Vergehen sich seinen Platz im Paradies verscherzt hat, aber es ist die traurige Wahrheit.

»Ich bleibe noch ein Weilchen«, erklärte ich, inzwischen fürchterlich misstrauisch.

Sie blickte mich mit vor Schreck weit aufgerissenen Augen an. Ich verstand überhaupt nichts mehr. In meinem gedanklichen Drehbuch stürzte sie sich, sobald ich diesen Satz ausgesprochen hatte, wollüstig zu mir auf das Sofa und breitete ihre braun gebrannten Arme aus.

»Aber nein«, stotterte sie, »das geht nicht. Meine Mutter kommt bald nach Hause und so.«

»Genau, gerade deshalb bleibe ich ja« – wie grausam ich sein konnte! – »Ich hätte mich gern ein bisschen mit ihr unterhalten.«

Pocahontas biss sich auf die Lippe und verwandelte sich plötzlich in die Doppelgängerin von Alice. Ihre langen Hände, die für gewöhnlich lässig auf ihren schmalen Hüften ruhten, begannen nervös in der Luft herumzufuchteln. Sie verdrehte viermal ihre Augen und gab dann so etwas wie ein gekünsteltes Lachen von sich.

»Was ist los mit eurer Mutter? Ist sie so schrecklich?«, fragte ich.

Mir ging es hauptsächlich darum, die Zeit totzuschlagen, denn ob schrecklich oder nicht – das war mir inzwischen völlig egal. Von mir aus konnte ihre Mutter die leibliche Tochter von Cruella und Frankenstein sein, das hätte mich nicht gejuckt. Ohne meine 300 Francs würde ich nicht von hier weggehen!

»Du kannst es dir gar nicht vorstellen«, sagte Pocahontas, ohne mich dabei anzuschauen. Sie hatte sich ganz nah zu mir gesetzt und der von ihr ausgehende Geruch nach frischen Holzscheiten überflutete mich wellenweise. »Sie ist wahnsinnig streng, weißt du. Sie spricht nie mit uns. Ich bin es, die für alle kocht und spült, und Alice muss die Wohnung putzen.«

Ich schaute mich in der Wohnung um und wusste sofort, dass Pocahontas log. Sie tischte mir nur ein altes Märchen der besten Sorte auf, von einer sadistischen Rabenmutter und allem Drum und Dran. Wenn Alice für das Saubermachen zuständig gewesen wäre, dann hingen hier Spinnennetze von der Decke bis zum Boden, zwischen den Brettern des Parkettbodens würden Kuchenkrümel kleben, Wursthaut würde an den Fensterscheiben kleben und Staubflocken … Ich nickte aber trotzdem mit verständnisvollem Blick.

»Sobald sie nach Hause kommt, schreit sie uns an und manchmal schlägt sie uns sogar. Mein Vater ist übrigens weggegangen. Eines Tages hat sie zu ihm gesagt: ›Wenn du dich hier noch einmal blicken lässt, mache ich Hackfleisch aus dir‹.«

»Nein?!«

»Doch!«

»Und er hat das geglaubt?«

»Weißt du«, sagte Pocahontas mit zitternden Lippen, »ich werde dir etwas sagen, das ich noch zu niemandem gesagt habe.«

Ich weiß auch schon was, dachte ich. Erspare dir die Mühe. Du bist in mich verliebt, das sieht doch ein Blinder, aber, nun ja, es beruht leider nicht auf Gegenseitigkeit.

»Ihr erster Mann …«

»Von wem?«

»Na, von meiner Mutter. Ihr erster Mann starb unter sehr mysteriösen Umständen.«

Arme Pocahontas, sie musste völlig plemplem sein.

»… man fand ihn eines Morgens tot in seinem Zimmer …«

Sehr mysteriös, in der Tat.

»Ihm fehlte eine Hand, und weißt du, wo man sie gefunden hat?«

»Im Kühlschrank?«, schlug ich vor.

»In der Tasche meiner Mutter.«

»Aha, in ihrer Handtasche«, fügte ich hinzu und hatte große Mühe, nicht vor Lachen loszuprusten.

»Genau«, sagte Pocahontas, wie hypnotisiert von ihrer eigenen Erzählung.

In genau diesem Moment hörte man, wie sich ein Schlüssel im Türschloss drehte, und die grausame Mörderin, die schwarze Witwe, die Kindesmisshandlerin, die schändliche, Grauen erregende Madame Kinterlaffen betrat die Wohnung. Pocahontas verzog sich augenblicklich in ihr Zimmer und ließ mich mit dem blutrünstigen Monster allein. Ich hörte eine Tür knarren und sah, wie Alice in die Diele geschlichen kam, um das Gespräch zu belauschen.

»Tag, mein Junge, was machst du da so ganz allein?«

Madame Kinterlaffen war vielleicht ein Meter fünfundvierzig groß, und das mit Schuhen! Sie war sehr mollig, hatte ein Gesicht wie Betty Boop und trug eine große Aktentasche, was sie wie eine viel zu alte Schülerin aussehen ließ. Sie sah etwa so blutrünstig aus wie ein Stoffhäschen.

»Madame Kinterlaffen?«, fragte ich verblüfft.
Sie musste lachen.
»Ich weiß, was du dir vorgestellt hattest. Mattam Kinterlaffen, die dicke, böse Teutsche, ja?!«
Ich verstand überhaupt nichts mehr. Ich muss völlig idiotisch dreingeschaut haben. Sie setzte sich mir gegenüber und zog ihren Mantel aus.
»Wenn man einen Namen hat, der an einen deutschen Schäferhund erinnert, neigen die Leute dazu, sich ein falsches Bild zu machen. Aber stell dir vor, ich bin portugiesischer Abstammung. Kinterlaffen ist der Name meines Mannes. Er wird übrigens auch gleich da sein. Und wer bist du, mein Junge?«
Ich wollte ihr gerade antworten, aber da hörten wir einen durchdringenden Schrei aus dem Badezimmer.
»Was ist denn das schon wieder?«, meinte Frau Kinterlaffen, ohne sich im Geringsten aufzuregen. Sie stand auf und ging in den Flur. Kaum war sie im Badezimmer verschwunden, da kam Alice ins Wohnzimmer geschlichen.
»Deine Mutter ist ja wahnsinnig nett«, sagte ich zu ihr.
Alice deutete mir an, dass ich still sein sollte, und dann begann sie, mir ins Ohr zu flüstern. Das kitzelte fürchterlich, so dass ich anfangs kein Wort von dem verstand, was sie mir sagte. Aber nach dem dritten

Anlauf gelang es mir, Folgendes zu verstehen: »Das mit den Nachhilfestunden, das war nur zum Schein. Meine Mutter weiß nichts von dir. Es war alles Valous Idee.«

Mir erstarrte das Blut in den Adern und ich hatte den Eindruck, dass sich ein Finger nach dem anderen von meinen Händen löste, wie Eiszapfen beim Einsetzen von Tauwetter.

»Alles war nur zum Schein, wirklich zum Schein?«, fragte ich ganz leise.

»Nein, nicht alles. Ich bin wirklich eine Null in der Schule und schmutzig bin ich auch. Deshalb hatte Valou diese Idee. Aber meine Mutter weiß nichts davon. Du wirst es ihr doch nicht sagen, oder? Wenn du es ihr sagst, dann bringt sie Valou um und Valou bringt mich um.«

Ich hatte das Gefühl, mitten ins Herrenhaus der Addams-Family gebeamt worden zu sein.

»Keine Sorge, meine Kleine«, sagte ich und strich ihr über die Haare. Sie beugte sich zu mir und umklammerte meinen Hals mit ihren kleinen Armen, die überall Spuren von Filzstiften und Nutella aufwiesen.

Mein Herz schmolz dahin bei dem Gedanken, dass ich sie nie mehr wieder sehen würde.

»Wenn du willst, dann werde ich dir das Geld für die Stunden geben«, flüsterte sie mir ins Ohr.

»Ich pfeif auf das Geld«, gab ich zur Antwort, und in dem Moment, in dem ich es sagte, stimmte es sogar.

»Ich weiß, dass man für Nachhilfestunden bezahlen muss. Das hat mir Valou erklärt. Ich bin reich. Ich werde dir mein ganzes Geld geben. Wo wohnst du?«

Ich sagte ihr, wo ich wohnte, und sie bat mich, etwas Geduld zu haben. Ich legte ihr ans Herz, ja keine Dummheiten zu machen, hoffte aber gleichzeitig, dass sie trotzdem welche machen würde. Beruhigt verschwand sie dann in ihrem Zimmer und Madame Kinterlaffen kam an ihrer Stelle zurück.

»Nicht der Rede wert. Es ging um den Föhn, der zu heiß geworden war«, sagte sie, um mich zu beruhigen.

Ich wollte nur noch hier raus, wollte vergessen, dass ich je den Fuß über diese Schwelle gesetzt hatte. Ein wenig schämte ich mich für Pocahontas, die diese ganze Geschichte nur deshalb erfunden hatte, um mir einmal pro Woche ein Küsschen auf die Wange drücken zu können. Eigentlich hätte sie es verdient, dass ich mich in sie verliebte, aber es war einfach nicht möglich, und diese Tatsache machte mich schrecklich traurig. Ich dachte: »Nicht die Liebe tut weh, sondern wenn sie nicht erwidert wird.«

»Also, dann bist du ein Freund von Valou?«, fragte

mich Madame Kinterlaffen, die mir langsam etwas zu aufdringlich wurde.

»Nein«, sagte ich beim Aufstehen. »Ich bin ein Freund von Alice. Hat mich gefreut Sie kennen zu lernen.«

Ich schüttelte ihr die Hand, ohne weitere Erklärungen abzugeben, obwohl sie völlig perplex, ja fast schmerzerfüllt dreinblickte.

Ich ging die Rue Popincourt hinunter, um die Metro zu nehmen und zu Papa zu fahren. Ich schlotterte vor Kälte und vergrub die Hände tief in den Taschen. Der Wind peitschte mir ins Gesicht und trieb mir die Tränen in die Augen. War es wirklich nur der Wind?

Elf

»Sandra?«

»Ja?«

»Ich bin's.«

»Freut mich, dass du anrufst.«

Plötzlich erinnerte ich mich wieder an das, was sie gesagt hatte, als wir uns nach der Schule verabschiedeten: »Wenn es dir Freude macht.« Dabei hatte ich überhaupt nicht überlegt, ehe ich ihre Nummer wählte; kaum war ich in der Wohnung meines Vaters angekommen, da stürzte ich mich auch schon auf das Telefon.

»Wie geht's?«, fragte sie.

»Nicht gut.«

»Das ist normal.«

»Warum ist das normal?«

»Weil es sonst zu einfach wäre. Man kommt nicht aus einem Labyrinth heraus, indem man nur ganz einfach geradeaus geht. Umwege haben eine Bedeutung.«

»Sandra, ich bin am Ende. Ich sitze ganz dick in der Tinte. Ich weiß nicht mehr, was ich tun soll. Könntest du mal für fünf Minuten aufhören in Rätseln zu sprechen? Du bist doch ein richtiges Mädchen, oder? Wie die anderen, oder?«

Als ich diese Worte sagte, packte mich ein unerträgliches Verlangen, sie in meine Arme zu nehmen, was mich automatisch rot werden ließ.

»Aber natürlich bin ich das«, sagte sie. »Ich weiß, dass ich dich mit meinen Geschichten nerve, aber es ist mir lästig, Erklärungen abzugeben. Du weißt, ich bin keine dreizehn mehr.«

Die Röte verschwand aus meinem Gesicht und stattdessen stand mir plötzlich der kalte Schweiß auf der Stirn. Mit einem Mal mochte ich auch keine Erklärungen mehr.

»Auch das Telefon ist mir lästig, aber was soll's? Ich werde dir eben alles am Telefon erklären, und wenn wir danach noch am Leben sind, wird man weitersehen. Hörst du mir zu?«

»Ich bin ganz Ohr«, sagte ich und bekam kaum noch Luft.

»Ich bin sechzehn. Ich habe also drei Jahre Rückstand, was die Schule betrifft. Aber ich bin dir auch drei Jahre voraus. Fünf Jahre lang habe ich mit meiner Mutter auf einem Boot gelebt. Meine Mutter ist nicht wie ich. Sie ist eine Wasserratte. Anfangs hat sie mich zu Fernkursen angemeldet, aber ich habe den Stoff nicht gepackt. Es gab ständig etwas auf dem Kahn zu tun und im Grunde, glaube ich, wollte meine Mutter gar nicht, dass ich mit der Schule viel am Hut hatte. Sie wollte mir alles selbst beibringen. Aber diesen Sommer habe ich sie verlassen. Ich weiß nicht, warum. Ich musste es tun. Ich zog zu meinem Vater und wohne seither bei ihm. Er ist sehr lieb, sehr normal. Aber meine Mutter fehlt mir.«

Wenn ich nur etwas zu sagen gewusst hätte. Ich kam mir vor wie ein kleiner, hilfloser Junge. Ich musste wieder an die Alte von Antibes denken, die Freundin meines Bruders. Sie war nur zwei Jahre älter als Sandra. Aber Sandra war anders. Sie tat nicht so, als wäre sie eine Dame. Sie war nur sehr erwachsen für ihr Alter.

»Das glaub ich nicht«, sagte ich, ohne zu wissen, woher dieser Satz kam.
Ich war mir sicher, dass sie den Hörer aufknallen würde, aber sie begann zu lachen. Sie lachte wie eine Verrückte und ich hörte sie den Hörer küssen.
»Was machst du?«
»Ich küsse dich«, sagte sie lachend.
Ich presste meinen Mund an den Hörer und war restlos durcheinander.
Alles Lügnerinnen, dachte ich und war ziemlich stolz auf mich. Ich wusste ehrlich gesagt nicht mehr, was richtig und was falsch war.
»Du hast enorme Fortschritte in chinesischer Philosophie gemacht«, meinte Sandra.
»Fast könnte man sagen, dass der Schüler dem Lehrer über den Kopf wächst«, gab ich ihr zur Antwort.
»Der Lehrer hat sein letztes Wort noch nicht gesprochen, du Dreikäsehoch.«
»Das will der Schüler aber hoffen, Sandra.«
Ich wollte schon auflegen, habe dann aber im letzten Moment den Hörer noch einmal ans Ohr gehalten.
»Sandra?«
»Was?«
»Nichts, nun ja, ich wollte ... nein, nichts.«
»Mir geht's genauso«, sagte sie, bevor sie auflegte.
Ich blickte an mir hinunter und sah, dass ich in

Brusthöhe mein Herz durch das Hemd hindurch schlagen sehen konnte. Dann rannte ich wie ein Wilder durch die ganze Wohnung und jedes Mal, wenn ich durch eine Tür kam, sprang ich hoch, um mit der Hand an die Türverkleidung zu schlagen. Dabei stieß ich ein lautes Indianergeheule aus und fand mich schließlich im Badezimmer vor dem Spiegel wieder.

»Du bist ein unwahrscheinlich hübscher Junge«, sagte ich zu meinem Spiegelbild.

Von da an rollte sich alles auf wie das Kabel eines Staubsaugers. Am Montagmorgen erhielt ich per Post fünfzig Tombola-Lose von Alice. Sie hatte diesen Block im Schulhof gefunden und da er niemandem gehörte, hatte sie ihn bis zu dem Tag behalten, an dem sie beschloss ihn mir zu schenken. Ich müsste sie nur für zehn Francs pro Los verkaufen, versicherte sie mir, die Leute würden sich darum reißen, Tombola-Lose zu kaufen. »Aber vor allem«, schrieb sie am Ende ihres Briefes, »gib das Geld nicht der Schule, es ist für dich, für die Nachhilfestunden. Ich bin sicher, dass Jean-Henri einverstanden wäre.« Der Block mit den Losen war voller Flecken und bereits drei Jahre alt, aber die Sache war einen Versuch wert.

Auch Sandra tat etwas für mich. Sie hatte sich eine

Erpressungstour ausgedacht, die zwar völlig idiotisch, aber außerordentlich wirksam war. »Manchmal«, erklärte sie mir voller Begeisterung, »kann man sich keine Umwege mehr leisten.« Sie war zu Kevin gegangen und hatte zu ihm gesagt: »Wenn du Louis das Geld nicht zurückgibst, werde ich Babeth alles erzählen.« Zu Fabien: »Wenn du Louis das Geld nicht zurückgibst, werde ich Sonia alles erzählen.« Und zu Walter: »Wenn du Louis das Geld nicht zurückgibst, dann werde ich alles deiner Mutter erzählen.« Als sie mir dann mehr als fünfzig Francs in die Hand drückte, traute ich kaum meinen Augen.

»Erzähl mir nicht, dass die darauf reingefallen sind.«

»Jeder hat irgendwo einen dunklen Fleck auf seiner Weste, das ist bekannt.«

Ich wagte zwar nicht, es ihr zu sagen, aber ich dachte mir, dass nicht so sehr ihre Drohungen der Grund waren, weshalb Kevin, Fabien und Walter alles zurückerstattet haben; das war umso unwahrscheinlicher, als Fabien seit drei Tagen nicht mehr mit Sonia zusammen war und Babeth sich einen Dreck um Kevins Privatleben kümmerte, der bei ihr sowieso nur unter ferner liefen rangierte. Nur Walters Fall klang plausibel. Ich war überzeugt, dass sowohl bei ihm als auch bei den beiden anderen eher das berühmte magnetische Feld gewirkt hatte, dieser aschefarbene Schleier, der Sandra umgab, ihre Statuenhaftigkeit und ihre Unnahbarkeit. Sie hatten einfach Respekt vor ihr und vielleicht auch Angst, weil sie so war, wie sie war, nur deshalb.

So nach und nach füllte sich mein Sparkässchen also mit immer mehr Geld, unter anderem auch deshalb, weil das Schicksal in gewissem Sinne seine Hand im Spiel hatte …, nun ja, Schicksal klingt vielleicht ein bisschen zu hochtrabend. Jedenfalls entdeckte ich eines Freitagabends, als ich bei Papa übernachtete, unter meinem Kopfkissen einen kleinen Geldschatz, den Vera dort deponiert hatte. Sie schreckte offenbar vor nichts zurück, um sich meine Gunst zu erwerben. »Dein Vater hat mir erzählt, weshalb du neulich angerufen hast. Das war lieb von dir. Leider weiß ich nicht, was ich dir als Dankeschön schenken könnte. Ich weiß wohl, dass es sich nicht schickt Geld zu schenken, aber vielleicht macht es dir Spaß dir selbst etwas auszusuchen«, stand auf dem kleinen Zettel, der um die Geldscheine in dem Umschlag gefaltet war.

Ich musste gar nicht erst meinen Schuldenblock hervorholen, ich wusste auch so, dass nun die Stunde der Genugtuung geschlagen hatte. Ich bezahlte die Versicherung (was nicht gerade ein Kinderspiel war, denn eine Bareinzahlung war viel komplizierter als eine Überweisung), ich schickte Alice ein Päckchen mit einer neuen, in Leder gebundenen Ausgabe von *Peter Pan* – ich hatte mich für sie entschieden, weil Mama einmal erwähnt hatte, dass Leder nicht so leicht verschmutzt. Ich zahlte Sandra die vierzig Francs zurück, die ich ihr schuldete, und ich kaufte mir ein neues Federmäppchen.

Bei diesem neuen Stand der Dinge sollte man eigentlich annehmen, dass ich mich auf dem höchsten Gipfel des Nirwana befand, aber ...

Ich will mich nicht beklagen, alle sind äußerst nett zu mir. Das Essen ist gut, zum Schlafen bekomme ich Tabletten, das Fernsehprogramm ist ganz okay. Edson hat seine so genannte Moskaureise verschoben und müsste mich in zwei, drei Tagen besuchen kommen. Mama und Papa kamen gemeinsam, was mich sehr gefreut hat; ich weiß zwar, dass es zwischen ihnen nie mehr wie früher sein wird, aber diesen letzten Versuch, die Maskerade aufrechtzuerhalten, wusste ich doch zu schätzen. Sogar Kevin und Djamel haben mir einen Besuch abgestattet. Tja, Leute, ich bin so etwas wie der absolute Star in unserer Schule geworden.

Es war vor einer Woche – ich war krank, krank vor Aufregung, vor Freude und vor ich weiß nicht mehr was. Ich hatte gerade die Bescheinigung für die Versicherung bekommen und sie ins Büro von Monsieur

Mulot gebracht – was ihn überhaupt nicht zu beeindrucken schien. Mein neues Leben hatte begonnen. Sandra und ich hatten uns zu einem Rendezvous in der kleinen Pause verabredet, oben im dritten Stock der Treppe B, und ich spürte, dass etwas passieren würde. Es musste etwas passieren, denn ich hielt es nicht mehr aus. Seit unserem verrückten Telefongespräch von neulich hatten wir kaum noch Zeit gehabt, uns über den Weg zu laufen, da wir gänzlich mit unseren Geldproblemen beschäftigt waren. Im Geiste hatte ich schon tausendmal unsere Unterhaltung am Telefon Revue passieren lassen. »Was machst du?« – »Ich küsse dich.« Küss mich, Sandra! Seitdem ich all meiner Sorgen ledig war, konnte ich an nichts anderes mehr denken. Ich war wütend, weil es allmählich anfing wehzutun. Wenn es wehtut, dann heißt das, dass du sie nicht liebst, sagte ich zu mir selbst, um den Schmerz zu lindern. Sofort nach der Englischstunde sind wir also nach oben gegangen. Wir rannten so schnell wir konnten die Treppe hinauf und schubsten uns dabei wie Lastwagenfahrer. Als ich im dritten Stock angekommen war, setzte ich mich auf das Geländer, um einerseits wieder zu Atem zu kommen, aber auch ein wenig, um Sandra zu beeindrucken. Ich hatte vor nichts mehr Angst, denn jetzt war ich versichert! Ich bewegte mich wieder mit meiner früheren Behändigkeit, jeder meiner

Muskeln lechzte förmlich danach, endlich wieder beansprucht zu werden. Sandra kam näher und ich fing an, wie ein Verrückter zu zittern. Etwas würde passieren. Ich hatte einen Fehler gemacht und teuer dafür bezahlt. Jetzt war ich an der Reihe, ein Glückspilz zu sein. Sie legte ihre Hand neben meine und plötzlich sah ich, wie sie nach unten schaute. Ich drehte den Kopf. Ihr Schal war von ihrem Arm geglitten und segelte im Treppenhaus nach unten. Was als Nächstes passierte, weiß ich nicht mehr genau. Vermutlich wollte ich den Schal in meinem Übermut noch auffangen. Jedenfalls hörte ich einen entsetzten Aufschrei, noch ehe mir klar wurde, dass ich mich im freien Fall befand. Dieser Schrei war eindeutig nicht aus meinem Munde gekommen. Es gelang mir, im Fallen kurz einen der Stäbe des Geländers zu fassen zu bekommen, was meinen Sturz leicht abbremste. Im Erdgeschoss hatte man Turnmatten aufeinander getürmt, um während der Renovierungsarbeiten den Zugang zur Turnhalle zu versperren. Wenn der Direktor nicht beschlossen hätte, die Turnhalle neu streichen zu lassen, und wenn die Sportlehrer nicht beschlossen hätten, unerwünschte Besucher mit diesen Turnmatten fern zu halten, dann wäre ich jetzt mausetot. Aber das will nichts heißen. Vor Freude bin ich doch halb tot.

Ich verlor nicht das Bewusstsein. Ich hörte Schreie

durch die Gänge hallen und stellte mir vor, wie Monsieur Mulot, zum ersten Mal seit seiner Ankunft an der Schule völlig außer sich, gerade den Notarzt anruft – fünfundsiebzig Centimes, die werden von der Versicherung übernommen. Der Krankenwagen kam sehr schnell – zum Taxitarif, das wird wohl etwa fünfundzwanzig Francs gekostet haben, wird von der Versicherung übernommen. Die Sanitäter waren unglaublich nett und aufmerksam, sie hoben mich auf, als wäre ich ein teures Kristallglas und legten mich auf eine Art aufblasbares Hightech-Kissen, Minimum 300 Francs, plus die Sanitäter macht 420 Francs ohne Mehrwertsteuer – wird von der Versicherung übernommen. Ich lächelte etwas dümmlich. Sie glaubten, ich würde in Lebensgefahr schweben und machten Gesichter wie bei einer Beerdigung. Es war so schön gewesen sich fallen zu lassen, in tausend Stücke zu zerbrechen und keine Angst haben zu müssen, dass man liegen gelassen wird und vor sich hin fault, während man auf den Tod wartet. Ich war ruhig, ich schwebte in tausend Kilometer Höhe. Ich genoss jeden Centime, den man für mein Überleben einsetzte. Hmmm, die hübsche kleine Bluttransfusion zu fünf Francs pro Liter, hmm, der schöne Raum der Notaufnahme, die Röntgenaufnahmen – ein Hochgenuss, der Scanner zu zwanzigtausend Francs – ein Orgasmus, das Einzelzimmer mit Spezialapparaturen für schwer Verletzte – prachtvoll. In weniger als zwei Stunden hatte man fast 30 000 Francs nur für mich allein ausgegeben und meine Eltern waren nicht ruiniert. Übernommen, abgedeckt, die Versicherung kümmerte sich um alles.

Hier liege ich nun mit beiden Beinen in Gips und betrachte meine leicht lilafarbenen großen Zehen, die wie zwei falsche Blumen zwischen den Streckseilen und den zahlreichen Klammern hervorwachsen. Letztere sehen aus wie eine Armee von Fernsehantennen, die von meinen Schenkeln bis zu meinen Fußgelenken hinunter aufmarschieren: Ich habe Schmerzen und ich warte. Ich warte darauf, dass die Tür aufgeht und Sandra hereinkommt. Ich warte darauf, dass sie keine Angst mehr davor hat mich besuchen zu kommen, ich warte darauf, dass sie sich verzeiht. Ich weiß, dass sie kommen wird, und liege friedlich und entspannt auf meiner Matratze und genieße jede Sekunde, die mich noch von meinem Glück trennt. Es ist nur noch eine Frage der Zeit ...

Es klopft.

Kéthévane Davrichewy

Schokoladeneis

Aus dem Französischen von Ilse Strasmann

Band 80304

Thalie ist siebzehn, macht gerade Abitur und steht auf der Schwelle zu einem neuen Lebensabschnitt. Doch so unkompliziert, wie sie es sich vorgestellt hat, ist das Leben nicht. Thalie lernt den jungen Filmemacher Maxence kennen. Eigentlich findet sie ihn ja arrogant und versnobt. Wie kommt es dann, dass sie fieberhaft auf seinen Anruf wartet? Als Maxence beschließt, aus beruflichen Gründen für mehrere Monate nach Mexiko zu ziehen, wird ihr klar, dass sie die Chance ergreifen muß, ihr Leben zu verändern...

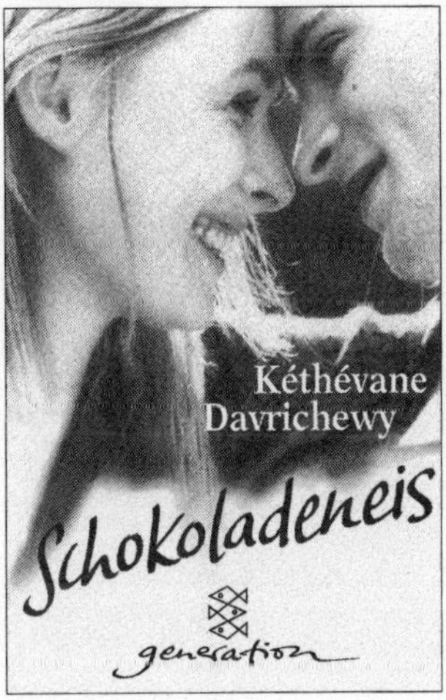

generation

fi 6054 / 1

Gerd Fuchs

Easy und Scheer

Band 80207

Easy ist vierzehn und sieht aus wie siebzehn. Ihre Mutter ist abgehauen, der Vater arbeitslos. Zur geplanten Segelfahrt auf dem Ijsselmeer hat eigentlich niemand in ihrer Klasse Lust. Easy ist da keine Ausnahme.

Aber dann taucht Mike Scheer auf. Er hat schon seit Monaten keinen Fuß mehr in die Klasse gesetzt und gilt mittlerweile fast als Kiezgröße. Easy verliebt sich in ihn. Als sie auf der Rückfahrt ein Päckchen in ihrer Reisetasche findet, weiß sie gleich, dass es von Mike ist und kein normales Souvenir enthält.

generation

fi 6053 / 1